卡嘟里

小女巫鬧翻天

小頭目優瑪 2

文 張友漁 圖 達姆

親子天下

目錄

作者自序（十週年紀念版）

小頭目優瑪是這樣誕生的

張友漁

那是很久很久以前的事了，大約是一九九六年夏天的某一天。

我記得是在《老蕃王與小頭目》這本書出版之後，我到屏東三地門旅行，參觀了文化園區的雕刻展覽，有一個大型的立體勇士木雕吸引了我的注意，雕刻的手法粗獷豪邁，勇士雙手彎曲平舉在身體兩側，粗壯的兩腿也彎曲著，露出了代表族群繁衍的生殖器。那名勇士的臉看起來不像勇士，比較像是一個稚氣未脫的調皮孩童。

當時我心想，這木雕在三更半夜大家都睡著的時候，會跑出去玩吧？這就是【小頭目優瑪】系列中最早跳出來的角色，一個會在半夜出來玩耍，有生命靈氣的木頭人。

接下來冒出來的角色，是陶壺。我在三地門一家藝品店看到了一個大陶壺，上頭有四條百步蛇分成兩組，盤據在陶壺的兩側，十分有意思。我盯著陶壺上的蛇看了很久，腦袋裡冒出很多想像：

有一天，這兩條蛇終於逃走了，在陶壺上流下了兩滴眼淚！蛇為什麼逃走？又為什麼哭泣？

於是我有了《蛇從陶壺上逃走了》這個故事。醞釀了一、兩年，寫了近四萬字的小說，故事大意是說，百步蛇從一個很有象徵意義的古老陶壺上逃走了，隱喻部落文化受到漢人文化的影響，正一點一滴流失。寫作的過程中，心情很沉重，一點也不開心，因為牽涉到文化傳承與保留的問題，很重的東西壓在肩膀上，當然就不輕鬆了。

結果，這個沉重的故事就被擱置在抽屜裡。

作家的腦子裡通常不會只存放一個故事，而是有很多小故事在那兒等著長大。當作家去旅行、逛街或是去爬山的時候，腦子裡的故事就會跑到窗邊透透氣，翹首期盼作家帶禮物回來給自己。作家觀察生活、觀察人、觀察樹林，這些觀察來的東西經過想像和聯想，變成一種意念，它們會自己去尋找腦海裡的故事，進行配對，擦出火花，燃燒成某個炙熱的故事，靈感就是這樣來的。

有一次，我在逛街的時候，看見有人在賣比拳頭再大一些的小陶壺，很高興的買了兩個回家，擺在書桌前，每天看著那兩個陶壺胡思亂想：

不管這兩條蛇願不願意，牠們被安置在陶壺上數百年，煩不煩哪！一睜開眼就看見同一條蛇，該說的話早在四百年前都說完了，未來的日子該怎麼過下去呢？

如果這兩條蛇相看兩相厭，每天吵架，會吵些什麼呢？蛇又是怎麼吵架的呢？

陶壺就擺在書桌上，隨時都看得見，

▲這兩條相看兩厭的蛇，吵起架來，那可真是驚天動地了。

都會有新的想法。後來，我把《蛇從陶壺上逃走了》拿出來修改時，發現自己完全無法進入狀況，老天大概要告訴我，這個故事這樣子寫下去不是一個好主意。也許方向錯了，所以才會在創作的過程中卡住，感受不到半點快樂。於是我很痛苦的把寫了四萬多字的《蛇從陶壺上逃走了》扔進垃圾桶，只留下「蛇從陶壺上逃走」這個點子。你不能心疼，不能覺得可惜，對作品沒有幫助的東西，就得捨棄，否則對不起森林裡的大樹。

很年輕也很愛美的時候，我曾經作過一個夢。我夢見一個笑起來很誇張的胖仙子，她說可以幫我實現一個願望。我很高興，許了一個希望自己可以長高，雙腿也可以變得又細又長的願望，胖仙子聽完我的願望後，一臉賊兮兮的一邊狂笑一邊消失：「我會實現你的願望的，哈哈哈……」第二天我以為我長高了腿也變細了，但是沒有，我的腿變得像大象腿那麼粗，我急著大喊：「不是說要實現我的願望嗎？」胖仙子的聲音從高空中傳來：「我實現你的願望啦！哈哈哈，是相反的實現，哈哈哈……」我又氣又急，想著自己怎麼這麼倒楣，遇見實現相反願望的仙子，這下該怎麼辦？還好，最後我醒過來了。我摸摸腿，呵呵，和原來的一樣耶！

所以呀，再強調一次我常常說的，要養成寫日記的習慣，要寫下好玩又好笑的夢。看吧！如果我沒有記錄這個夢，卡嘟里森林裡就不會有調皮的扁柏精靈了。

我平常很愛蒐集種子，書架上擺了各式各樣的種子。有一陣子我很喜歡把蒐集到的種子埋進陽台的花圃裡，然後看著種子頂開土壤冒出芽來，木瓜、百香果、柳丁、蘋果、葡萄、合歡……小小的嫩芽和小貓小狗這些小小的動物一樣可愛。我的小頭目故事需要一些比較特別的角色，於是，我把熱愛種子的自己放進故事裡，這個角色就是瓦歷。

就這樣，我新故事裡的主角慢慢增加了：小頭目優瑪、陶壺上常常吵架的蛇、檜木精靈和扁柏精靈。優瑪的朋友也一個一個的來報到：吉奧、瓦歷、多米，還有一個很重要的角色，優瑪的姨婆，以前奶奶也出現了。角色都到齊後，我展開了全新的寫作，放下文化傳承的重擔，只想寫有趣的故事。當寫作的過程是享受的，那讀者肯定也能在閱讀的過程裡感受到愉悅。

【小頭目優瑪】系列從點子冒出來一直到第一本《迷霧幻想湖》出版，竟然已跨過九個寒冬；而整套書寫完出版，則一共花了十三年的時間。

親愛的讀者，你發現了嗎？一本書的誕生其實是許許多多生活中的小經歷、小念頭、小點子，甚至是一個好笑的夢組合起來的，我們除了要耐心等待，還要養成隨時記錄生活的習慣，有趣的、憂傷的、憤怒的、難堪的、莫名其妙的……都可以轉換成創作的素材。這就是我常常說的「觀察」，觀察別人，也觀察自己。你看見自己在某些行為中的反應，停下來想一想自己為什麼會這樣做或這樣想，誠實面對自己，寫下最真實的內在聲音，這會幫助你更了解自己，也更了解別人。

非常感謝親子天下重新出版這套書，讓我有機會將故事裡不太完美的地方，修改得更完美、更好看。

二〇一五年四月，十週年紀念版出版前夕

各界好評

他們這樣稱讚【小頭目優瑪五部曲】

中國時報開卷好書獎得獎理由：作者以原住民為靈感來源，創造富有民胞物與精神的卡嘟里部落，成熟的文字功力、緊湊的故事情節，讓人讀來欲罷不能。這是一本成功的中文奇幻小說，喜歡《哈利波特》的讀者可不能錯過！

——黃靜雯（苗栗市僑成國小教師）

好書大家讀入選圖書《小頭目優瑪1：迷霧幻想湖》推薦的話：最特別的是，主人翁是個女孩，展現純真本性，關心家人、朋友、部落以及森林裡的一切。此書不只是動人驚險的故事，更吸引我們的是對於不同文化的理解與感動！

——邢小萍（台北市立新生國小校長）

好書大家讀入選圖書《小頭目優瑪2：小女巫鬧翻天》推薦的話：以原住民為題材的兒童小說不多，難得本書是兒童會喜愛的奇幻小說，有創意和新鮮的題材；優美的文筆，帶領讀者進入無限想像的空間，書中人物的刻畫，栩栩如生。

——王錫璋（前國家圖書館參考組主任）

好書大家讀入選圖書《小頭目優瑪3：那是誰的尾巴？》推薦的話：原住民的文化尊重自然，不貪心，得以保有最純淨的土地及資源；人類的貪婪及私慾往往造成無法彌補的後果。優瑪運用智慧再次化解危機，結合多元文化、環境保護以及人文關懷議題，作者讓文字感動讀者，在抽絲剝繭、問題解決之後留下更深的反思與啟發。

——邢小萍（台北市立新生國小校長）

部落客媽媽口碑推薦

【小頭目優瑪】系列讓我深思許久，故事隱喻責任、愛心、環保，當孩子看完《哈利波特》時，我不確定他們心中留下什麼，看完這系列後，我確實感受到敬虔與責任，推薦給喜歡奇幻冒險故事的大孩子。

——魔女咪咪喵

人物小傳

優瑪

十一歲，卡嘟里部落頭目沙書優的獨生女。頭髮長而凌亂，常常胡亂綁一束馬尾，幾絡頭髮不安分的拂在臉上。除了雕刻，對待其他的事都很沒勁。母親早逝，和父親以及姨婆一起住。三歲時，優瑪對父親的雕刻刀感興趣，於是開始學習雕刻。四歲的時候，優瑪已經可以在木頭上刻出一隻豬的圖形；五歲的時候，她已經可以模仿父親雕刻的「出獵圖」。六歲的時候，用立體雕刻創造出和她當時一般高的小勇士，取名為「胖酷伊」。

胖酷伊

胖酷伊是優瑪六歲時完成的雕刻作品，長相幼稚卻可愛討喜。但是，胖酷伊並不滿意他的長相，他的嘴太大，四肢手腳粗細不一，讓他覺得很煩惱。平常沒事的時候，就喜歡拿優瑪的雕刻刀，修飾自己過粗的手臂，常常惹得優瑪對他大叫：「請你尊重我的藝術創意。」

胖酷伊勇敢、正直又有正義感，是個神射手，也是全世

界最會抓飛鼠和山豬的小勇士。但是，他除了會抓飛鼠和山豬之外，其他就連一隻蝴蝶也抓不到。因為優瑪許願的時候，只給了他這三樣本事。

以前奶奶

七十歲，優瑪的姨婆，沒有結婚，孤零零的一個人。優瑪還沒出生，優瑪的母親就把以前奶奶接到家裡居住。以前奶奶是一個活在以前的人，她常常說以前以前怎麼了，以前的地瓜比較好吃；以前的山比較漂亮；以前的溪流比較乾淨；甚至以前的冬天都比現在冷。以前奶奶發呆的時候，其實是在想事情，她的腦子裡裝了幾千幾百件關於以前的事，她一件一件的想，一樁一樁的回味，想得出神了，嘴角就會開出一朵香甜的微笑花。

沙書優

三十五歲，優瑪的父親。卡嘟里部落頭目，也是優秀的雕刻家、出色的獵人。堅持帶領族人維持卡嘟里部落的傳統生活。個性沉穩，充滿智慧，妻子病逝後，為了優瑪決定不再娶妻，一心培養優瑪成為一個優秀的頭目。有一次入山打獵，在卡嘟里山區失蹤。

多米

十一歲，優瑪的好友。性格優柔寡斷，拿不定主意，也下不了結論，永遠在下了決定之後立即反悔，覺得剛剛那個想法才是最好的。從小的願望一個換過一個，從來沒有一個重複過。永遠不清楚自己長大後到底要做什麼。

吉奧

十二歲，優瑪的好友。小平頭修剪得乾乾淨淨，有一對圓亮的雙眼，加上簡潔有力的語調，讓他看起來充滿自信。他個性聰明但古板，和優瑪凡事不在乎的個性成反比，要求凡事都得按規定行事，一絲不苟。優瑪是他唯一的偶像，他喜歡優瑪，凡事以優瑪為主。

瓦歷

十一歲，獵人阿通的兒子。和吉奧、多米、優瑪是好朋友。清瘦，臉呈現倒三角形，眼睛細小，說話時，尖尖的下巴老是往上仰。喜歡蒐集種子，衣服褲子上幾乎全都是口袋，用來裝更多的種子。只對和種

子有關的事物感興趣。喜歡把種子埋進土裡，看看會長出什麼，因此他蒐集了一千多種稀奇古怪的種子。

帕克里

五十歲，部落長老，藤蔓的父親。沉穩內斂，不多話，但一開口說話，就充滿了權威。堅持按照傳統讓優瑪繼任頭目，幫助優瑪處理部落大小事件。

卡里卡里樹

卡嘟里部落祖先達卡倫四百年前來到卡嘟里山，剛好就是卡里卡里樹開花的季節。達卡倫為了尋找這奇異的香氣，來到部落現在這個位置，這才發現卡嘟里山區是世界上最美麗的地方。部落族人守護卡里卡里樹就像守護祖先的靈魂一樣，因為它引領他們來到這裡安居了四百年。每當秋天的時候，所有的植物都進入枯黃休眠期，卡里卡里樹卻和所有的植物反其道而行，開始冒出粉紅色的花苞，還沒盛開，就已經散發出淡雅清甜的香氣，花苞盛開時節，香氣讓每個人內心充滿了喜悅，感覺到幸福。

檜木精靈、扁柏精靈

樹形小矮人。三千年以上的樹木，才會長成一個樹精靈。森林裡超過三千年的樹木，一共有十一棵，因此有四個檜木精靈、七個扁柏精靈。他們並不住在自己的樹上，而是在森林裡四處遊玩。檜木和扁柏的葉子都屬於鱗片狀，得仔細端詳才能分辨出來。在森林裡遇見檜木精靈，可以向檜木精靈許一個願望，檜木精靈一定會達成你的願望。但是，如果你誤把扁柏精靈當成檜木精靈許願，調皮的扁柏精靈則會讓你所許下的願望以完全相反的方式實現。

夏雨

二十七歲，駐紮在森林裡從事動物研究及保育的年輕研究員。因為經費及人手嚴重不足，研究室只有他一個人。他要做的事真是太多了：必須到山上放置紅外線照相機，以便拍攝記錄動物的活動；還要蒐集各種動物的糞便，研究森林的食物鏈，以及跟蹤動物研究牠們的行為。雖然工作那麼多，但是夏雨從不喊累，因為他喜歡這份工作，喜歡做動物的朋友，願意終身為動物服務。

阿通

三十三歲，是瓦歷的父親，個性率直，有話就說，熟知森林裡所有鳥類的生態以及築巢習性。以捕捉及販賣鳥類為生，是動物保育者夏雨的頭號敵人。

掐拉蘇

六十歲，部落僅存的女巫師。責任心重，每天都在憂心沒有人要學巫術，找不到傳人，讓她無顏面對祖先。

翹尾巴小水怪

迷霧幻想湖又稱迷霧鬼湖，湖深，水草得不到充分的日照所以無法生長，湖裡沒有水草製造氧氣，連魚兒也無法生存，所以湖裡一條魚都沒有，卻住著一群需氧量極少、名叫翹尾巴的小水怪，所有的海洋圖鑑裡都沒有介紹這種怪物，所以當地人都叫牠們「翹尾巴小水怪」。

小女巫佳佳

優瑪以小女巫形象雕刻而成的立體小女巫木雕。受到檜木精靈幫助而活過來，和優瑪一樣高，長相漂亮，生性善良，有一副熱心腸。她有一個魔幻巫術箱，只要她見過的東西，就可以從巫術箱裡變出來，她對巫術的學習興趣缺缺，卻對幫助別人上了癮。

羅里一家

羅里，香水製造商，有一天爬山經過卡嘟里部落，被卡里卡里樹的花香吸引，於是帶著妻子費娜、兒子羅南、女兒羅薇和蒸餾器來到部落要求住下，每天都在打卡里卡里樹的主意。

前集提要

卡嘟里部落頭目沙書優上山打獵失蹤已九個月，讓許多大事都懸而未決，長老帕克里按照部落四百年來的傳統，宣布由沙書優的獨生女優瑪暫時代理頭目的職位。迷糊的優瑪只愛雕刻以及在森林裡奔跑，卻不得不接下代理頭目的職務，一下子從一個快樂的小女孩變成身負重任的小頭目。

部落裡陸續發生詭異的事件。首先是岩石山出現了大裂縫，岩石隨時可能崩裂，壓毀部落和迷霧幻想湖。同時，有惡靈入侵部落，把文物、服飾、器皿、木雕和石雕上，象徵卡嘟里族精神的蛇全都帶走了……為了保護部落，優瑪擔起頭目的責任，和她的好友們走進了惡靈設的陷阱……

優瑪從一開始的不情願及不被族人認同，在好朋友胖酷伊、吉奧、多米、瓦歷，以及長輩們的協助下，解除了惡靈的威脅，讓部落免於災難，終於獲得族人們的認同與尊重，開始像一個真正的小頭目了。

1 熱鬧的小米田

冬天來到卡嘟里山待了好些時候了。

卡嘟里山區的楓葉一片通紅，火焰一般的燃燒著。一隻松鼠坐在樹杈上，看著一片炫目的紅，眨了幾下眼睛，牠心裡想著，這個世界真是奇怪，冰冷的氣溫，竟然能燒灼出這麼一大片的熱情。在這兒多待一些時候吧！冬天已經走到春天的邊緣了，等楓葉落盡，要再看見這景色就得再等一年了。

兩個檜木精靈蹦蹦跳跳的彈出了楓樹林，他們決定在冬天結束之前，送出三個願望。距離上次卡嘟里森林送出第十七號願望，讓胖酷伊變成真勇士之後，已經有六年沒有願望被實現了。

沒有願望實現的森林，就像沒有魚蝦嬉戲的溪流，顯得寂寞又冷清。

優瑪家的雕刻室裡擺放著許多已經完成的木雕，以及未完成的作品。幾個月前，迷霧幻想湖中的迷霧城堡堡主送給優瑪的那塊木頭，正好端端的被擺在門邊。胖酷伊曾經問優瑪：「怎麼還沒雕刻這塊木頭呢？」

「這塊木頭要在最需要它時才拿出來用。這個時機還沒有到。」優瑪說。

此刻，地上散落著滿滿的木屑，優瑪的身上和頭髮上也都是木屑，她正專注的刻著一個大型的立體木雕。今天她想完成這個預先命名為「飛天勇士」的作品。

以前奶奶和胖酷伊來到門口好一陣子了，優瑪也沒發現。

「優瑪，小米該播種了。」胖酷伊說：「剛剛和以前奶奶去散步，看見別人家的小米都播好種了。」

優瑪隨口「嗯」了一聲，又繼續埋首於雕刻。

晚餐時刻，三個人坐在餐桌前用餐，優瑪剝開地瓜，大口咬下。

「我們什麼時候去種小米呀？」以前奶奶說：「今年是個暖冬呢！春天就快來了。」

「種什麼小米？」優瑪問。

胖酷伊指著桌上的小米粥說：「就是這個小米呀！」

「啊！要種小米啦！好哇，有空的時候就去種。」優瑪繼續大口吃著地瓜，黏在頭髮上的木屑掉了一些在餐桌上。

又過了幾天。

優瑪在庭院裡挑選木頭。胖酷伊坐在木頭上，用雕刻刀修飾他過胖的手臂。以前奶奶經過優瑪身邊時，停下腳步。

「今年再不播種，我們明年就沒有小米粥吃了。」以前奶奶說完，背著雙手緩緩的走出庭院。

優瑪煩躁的坐在木頭上，抓著頭髮：「為什麼我就不能專心雕刻呢？」

「你以為倉庫裡的小米是源源不絕的從米缸裡冒出來，永遠也吃不完嗎？」胖酷伊放下雕刻刀，歪著頭對優瑪說。

優瑪看見胖酷伊又在修飾自己的粗粗腿，生氣的說：「你，你不要再做這種蠢事，請尊重我的藝術創意。」說完就轉身往廚房走去。

胖酷伊伸出胖瘦不一的四肢說：「這就是你的藝術創意嗎？哼！」

優瑪帶著小米酒和祭品來到祖靈屋，請示祖靈：「家裡貯存的小米快要吃完了，再不種些新米，下一個冬天來臨的時候，就要餓肚子了。小米田自從沙書優失蹤後荒廢到現在，現在要重新鬆土、整地、播種，希望祖靈庇佑一切順利。」

優瑪走出祖靈屋，突然想到什麼忘了說，又折返回去，認真的望著祖靈像說：「你們真的有幫我去尋找沙書優嗎？為什麼這麼久了都沒有消息呢？」優瑪停頓了一下，嘆了一口氣，臉上質問的表情轉換成諒解：「也許，你們已經盡力了吧。」說完便走出祖靈屋。

石板上的祖靈像一臉無辜的望著屋外。

優瑪、胖酷伊、瓦歷、多米和吉奧扛著鋤頭和鐮刀，來到優瑪家的小米田。田裡長著比人還高的雜草。

「哇！這哪裡是田！」多米大叫：「這根本就是荒地。」

「自從沙書優失蹤後，這塊田就在太陽下曬著。」優瑪說：「現在該怎麼做呢？」

「我們先把草拔掉，然後鬆土。」吉奧說：「這種事我可有經驗了！我家田裡的活我閉著眼睛都會做。」

「這麼一大片，大人來做都要好幾天的功夫，我們幾個可能要一個月才能做完吧！」瓦歷說。

「放心，還有我。」夏雨扛著鋤頭站在孩子們身後，笑咪咪的說。

「你怎麼來了？」優瑪驚訝的問。

「優瑪小頭目家的小米田需要幫忙，當然要算我一份，我也是部落的一分子嘛！」夏雨說。

大家忙著除草的時候，又陸陸續續來了許多族人加入除草行列。帕克里和伊芬妮來了，大樹和瓦拉也來了，他們安靜的走進小米田，什麼話也沒有多說就開始除草。

優瑪直起身體擦汗，這才看見又來了許多默默幫忙的族人，她驚訝極了！

「他們怎麼知道我家的小米田需要幫手呢？」優瑪問。

「一個告訴一個，就這樣傳開，有空的人就過來幫忙。」吉奧說。

「大家這樣相互幫忙，真好！」優瑪紅著眼眶說：「沙書優如果看到這樣

的景象，一定會很感動。」

「這是部落的互助傳統，沙書優早就明白啦！是你不知道而已。」吉奧笑著說。

「是嗎？只有我不知道嗎？為什麼我會不知道呢？」優瑪疑惑的問。

「你整天都在雕刻，其他的事一點也不關心。」吉奧說。

「是啊！優瑪就是這樣。」胖酷伊也同意。

「好吧！以前的事就算了，現在開始，我要關心所有的事。」優瑪表情認真的說：「整理完這片小米田，我們去誰家的小米田幫忙呢？」

「瓦歷家的小米田已經荒廢一百年了，不知道需不需要我們去多管閒事？」多米說。

瓦歷聽完，立即累得跪在地上大叫：「你饒了我吧！優瑪。我爸一點也不喜歡耕地和種小米，他只對鳥有興趣。到時候小米田裡所有差事可都要我和我媽來做，我媽身體不好。」

「一大片地讓你撒種子耶！多過癮的一件事，你居然反對？真不可思議。」多米說。

「照顧種子跟生產糧食根本是天差地別。」瓦歷說。

「阿通抓這麼多鳥做什麼呢？你們每餐都吃烤小鳥嗎？」多米問。

瓦歷漲紅了臉，憤怒的扔下手上的鋤頭，大聲的說：「你不要胡說！我家從來沒吃過烤小鳥！」

看見氣氛僵凝了，吉奧連忙轉移話題：「除了瓦歷家那塊地，這是部落最後一塊應該耕種而沒有耕種的小米田，其他人的小米早就已經種下了。」

「這樣啊。小米都在這時候種的嗎？」優瑪問。

「通常是在春天，但是今年冬天比較暖和，所以提前播種。」吉奧說。

「你怎麼都知道！」優瑪用佩服的目光看著吉奧。

「吉奧一天到晚都在田裡幹活，當然經驗豐富！」多米說。

十幾個人頂著太陽在田裡除草、鬆土，到了正午時分，已經完成播種前的工作，下午就可以播種了。

以前奶奶做了竹筒飯，用月桃簍背到小米田請大家吃。優瑪和族人們在樹蔭下邊吃著小米飯，邊望著除去雜草後的平整田地。優瑪感到十分歡喜，這是她第一次看見土地在許多人齊心努力下，恢復了生機。再過不久，播下的小米種子會冒出芽來，長高長壯然後結出小米穗，讓卡嘟里族人的生命得以延續。為什麼自己到現在才發現這些美好的事呢？

隔天一早。

優瑪覺得身為頭目應該發揚互助合作的精神，於是決定和胖酷伊到部落巡視，看看是否有需要幫助的族人。

經過雅格家，雅格正在照顧懷孕的母牛吃草。

「什麼時候生小牛呢？」優瑪問。

「再過一個月就生啦！」雅格笑容滿面的說。看得出來他因為即將多一隻小牛而非常快樂。

經過大樹家，大樹和他的妻子正在教一歲大的兒子學走路。

巴那和雅羅為了一件小事而打起架來。優瑪覺得兩個男生打架沒什麼好勸阻的，於是閃過他們繼續往前走。

烏娜坐在屋簷下，兩手撐住下巴，發了好一會兒的呆了。烏娜身材瘦小，有一頭銀亮的頭髮和一雙顯得憂鬱的眼睛，看見優瑪等人到來，她直起身子，攏了攏銀髮，用眼神迎接客人。

「烏娜婆婆，你有什麼事需要我幫忙的嗎？」優瑪走進烏娜家的庭院，關心的問。

「我想去割一些苧麻來編織背心。但是，我已經八十歲，沒有力氣了。唉，老了就是沒用啊！」烏娜再度用布滿皺紋的手順了順頭髮。

「這沒問題，交給我！我幫你砍些苧麻來。」優瑪語調輕快的回答，跑出烏娜家庭院時拋下一句：「我現在就去。」

於是，優瑪帶領多米、吉奧和瓦歷三個副頭目，再加上胖酷伊，前往森林砍收苧麻。一行人往東側的森林走去，經過卡里卡里樹，再走過卡里溪橋進入森林。在山徑上走了二十分鐘，終於見到一大片翠綠茂盛的野生苧麻。

優瑪站在苧麻林前，呆立了幾分鐘。沙書優失蹤前三個星期，才帶她來這裡砍收苧麻。

「部落裡有一些年紀很大的老人家，他們沒有子女，一個人住。他們也是我們的家人，照顧他們是我們每一個人的責任。他們老了，沒有力氣了，想要編織的時候，年輕人就要幫助他們。」沙書優用充滿關愛的語氣說著。

優瑪崇拜沙書優，覺得他就像雄偉的卡嘟里山，細心又溫柔的照顧著森林裡的每一棵樹。沙書優是個好頭目，他有一雙好眼力，隨時可以看見需要幫助的人，即時給予援助。優瑪嘴角露出淺淺的笑意，她意識到自己正在做一件沙書優也會做的事。

「成熟的褐色莖梗才能用，不可以連根拔，因為砍過之後，它們還會再抽芽生長。」優瑪說完便親身示範，砍下一根苧麻後，三兩下將葉片全刮掉，接著用刀輕輕在莖桿上劃了一刀，再用力一撕，「刷」的一聲，從苧麻莖桿上撕下一片莖皮。一根莖桿可以撕起五、六片莖皮，這就是準備用來編織的生麻纖維。

幾個人開始七手八腳的砍起苧麻，砍下一大把莖桿，各自坐在地上撕起纖維。優瑪看過以前奶奶處理這些苧麻。抽好的苧麻纖維絲得先清洗，晾在室外自然風乾，四、五天後完全乾透，就成了麻線絲。優瑪非常討厭這樣的工作，既精細又繁雜，她覺得自己沒有耐性完成這些事。

優瑪見過以前奶奶將麻線絲捻成紗再接成長線，接著捲成一卷麻線球。熟練的動作讓優瑪看傻了眼，一雙手居然可以舞出這麼美麗曼妙的舞蹈！想起以前奶奶那雙會跳舞的手，優瑪突然有了創作靈感，想立刻拋下眼前這些交纏得亂七八糟的生麻，回家雕刻一個取名為「會跳舞的手」的木雕。

捲成麻線球還不算完成，麻線球還得放進木灰水裡煮幾個小時，讓麻線變柔軟後再漂白，用清水洗乾淨再拿到屋外日曬，經過一段時間，麻線才能開始染色、織布。

優瑪覺得織布這玩意兒可真煩人！多米卻樂在其中。

「我也想為奶奶和我自己編織一件背心。」多米一臉陶醉的想像當她完成一件背心送給奶奶，她會有多麼驚訝！

吉奧撕下生麻後，橫七豎八的隨手擺在腳邊，沒有即時將它們捆綁成一束。當他想收攏這些生麻的時候，它們已經糾結在一起了。他想把糾結的生麻解開，卻愈弄愈亂，他失去耐性的將一團亂麻丟在地上，惱怒的說：「真高興我不是女生。」

胖酷伊認真的抽著苧麻纖維，卻無法將一片片的生麻整齊的捆成一束，反而將自己的身體纏繞住，最後被捆綁得動彈不得。

「優瑪，救我。」胖酷伊不得不放聲求救。

多米見狀，露出要暈倒的表情說：「天哪！胖酷伊，你真是成事不足，敗事有餘！」

優瑪走向胖酷伊，動手解開層層纏繞的生麻，心疼的說：「我知道你很想幫忙，但是你應該明白，除了抓飛鼠、山豬和射長矛之外，其他事你都做不來，下次就不要逞強了，好不好？」

胖酷伊一臉不悅的叨叨絮絮，發出一些沒有人聽得懂的抱怨。

優瑪和副頭目們終於採集了一大捆的苧麻纖維絲，太陽已經西下，一群人踩著夕陽的餘暉來到烏娜婆婆家。

優瑪把苧麻交到烏娜手中時，烏娜感動的說：「謝謝你，優瑪小頭目，你真是沙書優的好孩子啊！」

優瑪很歡喜聽到烏娜婆婆這麼說，如果沙書優聽到了，一定也會很高興。

2 掐拉蘇的煩惱

優瑪騎著部落裡唯一一輛腳踏車，後座載著多米，進入通往卡里溪的山徑。山徑兩旁長著及膝雜草，是一條只容一人通行的小徑。

「我們到卡里溪看看，也許可以撿到漂亮的木頭。」優瑪說。

「你的腦袋可不可以暫時從木頭上面轉移，想點別的？」多米說。

「還有什麼別的可以想？」優瑪問。

「例如到山上尋找最美麗的花來編織花環之類的。」多米說。

「噢，編花環，饒了我吧！」優瑪拍了一下自己的額頭。

優瑪轉過一個彎道，看見巫師掐拉蘇微駝著背、雙手在身後交握著，步履緩慢的走在山徑上。

「優瑪，你小心騎，不要撞上掐拉蘇。」多米在後座緊張的叫著：「讓一下、讓一下，掐拉蘇，讓一下呀！」

掐拉蘇自顧自的走著，完全沒有聽到背後的叫喚聲。優瑪慌亂的扭動腳踏車把手，想穩住車子，但是小徑太狹窄，優瑪經過掐拉蘇身旁時為了避免撞上，便伸出一隻手按住掐拉蘇的肩膀說：「掐拉蘇，小心！」

掐拉蘇被這突如其來的碰觸嚇得絆到自己的腳，摔到路旁草叢裡。優瑪和多米也因為失去平衡，連同腳踏車摔落距離掐拉蘇兩步遠的草叢中。

「不會吧？嚇成這樣！」多米拍掉身上的雜草說。

優瑪趕緊爬起來走向掐拉蘇，將她扶起來。優瑪一邊幫她拿掉黏在頭上和衣服上的草屑，一邊頻頻道歉：「對不起，我只是擔心撞到你，不是故意要嚇你的。」

「摔傷了沒有？有沒有哪裡疼？」多米也趨前關心。

掐拉蘇眼裡盈著淚水，一臉憂傷的搖搖頭說：「不，不是你們的錯。是我想事情想得太專心了，你拍我的肩膀我才會嚇一大跳！」

「什麼事讓你這麼傷心呢？」優瑪看見掐拉蘇眼裡的淚。

掐拉蘇眨了眨眼睛皺起眉頭說：「我連續幾天作同一個夢，夢見卡嘟里的祖先責怪我，這麼久了還找不到傳人，巫師的技能就要失傳了。」

「噢！原來如此，你要找一個小巫師學習占卜的本事。」優瑪恍然大悟。

「是啊！但是現在有哪個孩子願意學習巫術呢？」掐拉蘇語重心長的說。

「這巫術如果是真的法術，可以讓我坐上芋頭的大葉子在天上飛，我就跟你學。」多米說。

「我是部落裡最後一個巫師，我這麼老了，再找不到人，死後怎麼面對祖先！」

「部落裡這麼多年輕的女孩，你就挑一個呀！」優瑪說。

「小巫師的人選必須是巫神挑選的才行。」掐拉蘇邊擦眼淚邊說。

「那巫神為什麼不幫你挑一個呢？」優瑪問。

「這些年，巫神陸陸續續降下神珠挑選了幾個人，但是被選中的人不是不想學就是學不會，我也沒有辦法。」掐拉蘇說。

「掐拉蘇，你不要擔心，我來幫你想辦法，我會幫你找到一個小巫師的。」優瑪認真的說。

掐拉蘇苦笑了一下，露出「一個小孩能幫什麼忙」的表情，揮了揮手，轉身離開。優瑪和多米目送掐拉蘇離去的背影，直到她走遠，在視線裡變成一個小黑點。

「你要用什麼方法找一個小巫師給掐拉蘇呢？」多米好奇的問。

「辦法很多呀，只是還沒有想出來。」優瑪說。

「你一個辦法都沒有，卻答應得這麼爽快。」多米不以為然。

「總會有辦法的。」優瑪看著多米，腦子裡迅速的轉動著許多想法。

多米一眼就看穿優瑪心裡的詭計，她連忙揮著手說：「拜託你千萬別打我的主意，我無論如何都不會去當小女巫的。我長大要當歌唱家。」

「歌唱家？哼，你忘了你說過要當舞蹈家去各個部落表演嗎？」

「有嗎？我說過這樣的話嗎？」多米一點也想不起來。

優瑪將腳踏車掉頭：「走吧！我們回家去想辦法。」

優瑪往前騎，多米追了一下子便跳上後座。

「我們得騎快一點！要下雨了。」優瑪仰望著陰沉的天空說。

回家後，優瑪在頭目書房裡專注的讀著沙書優寫的《卡嘟里族的巫術》筆記，希望拼湊出巫師的形象。優瑪一邊喃喃自語，一邊寫著筆記。

「卡嘟里族的巫師得由巫神決定，巫神會在適當時機降下神珠給祂挑選的傳人。」優瑪唸著筆記。

優瑪抬起頭來，用手撐住下巴，一邊咬著筆桿一邊認真思考：「怎麼做才能讓巫神降下神珠，而得到神珠的人又同意學習巫術呢？」

「優瑪，」胖酷伊探頭進來：「原來你在這裡呀！我剛剛從卡里溪過來，看見一個陌生男子站在卡里卡里樹下，兩隻手捧著樹花。他盯著卡里卡里樹的樣子很奇怪，他不會打什麼壞主意吧？」胖酷伊擔心的說。

優瑪抬起頭來對胖酷伊說：「卡里卡里樹的花香會吸引任何人駐足欣賞，別大驚小怪，一棵樹有這麼容易被連根挖走嗎？」她不以為意的繼續讀著筆記：「巫師的工作就是幫人祈福、治病、占卜吉凶……」

「可是，世界上只有這兩棵珍貴的卡里卡里樹，萬一他半夜偷偷把它們挖走，那就糟了。」胖酷伊還是不放心。

「你要是擔心的話，就去好好保護那兩棵樹。我現在很忙，必須幫掐拉蘇找一個巫師繼承人才行。」

「兩棵樹一棵在東邊、一棵在西邊山區，你當初又沒有許願讓我有分身的本事，我怎麼可能同時保護兩棵樹！部落好久沒有陌生人來了，你還是多留意比較好吧。」胖酷伊見優瑪不理他，繼續咕噥著：「巫師繼承人？哼，找不到是吧！那就雕刻一個小女巫好啦！但是記住喔！她是個女生，身體和手腳的比例一定要勻稱，不要像我這樣。我是你六歲時完成的作品，所以幼稚又粗獷，這我就認了。你現在已經十一歲，雕刻技巧大有進步，一定可以刻出一個漂亮的小女巫。」

優瑪本來想把嘮叨個不停的胖酷伊給轟出書房，聽到他說雕刻一個小女巫時，她整個人興奮得從椅子上彈跳起來：「是啊！我怎麼沒想到呢？但是，不知道我的木雕小女巫能不能得到巫神降下的神珠？萬一巫神不同意讓木頭人當小女巫該怎麼辦？」

優瑪抓起一小撮頭髮在手指上捲著：「但這應該是掐拉蘇的問題吧，她可以跟巫神溝通，拜託祂在這個非常時期通融一下，降下神珠給木頭人。」想到這裡，她拍了兩下手掌激動的說：「是啊！這樣就解決了。」

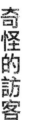

3 奇怪的訪客

一輛小貨車載著一車物品進入卡嘟里部落，這異常的現象在部落裡引起極大的震撼！卡嘟里部落的居民除了動物研究者夏雨之外，全都是卡嘟里族的族人，他們在卡嘟里山區生活了四百年，從來沒有外族人口進入落戶設籍。族人們對這個闖入的外來客，投以戒備的眼神。

車上走下一對看似夫妻的中年男女、一個約十二歲大的男孩和一個約九歲的綁辮子女孩。這一家人笑容可掬的望著圍繞在車子四周好奇觀看的卡嘟里族人。

族人們納悶，他們帶著家當來這裡做什麼呢？這裡沒有他們的土地和房子，他們要在哪兒睡覺呢？他們看起來不會打獵也不會耕種，一副曬了太陽就會暈倒的模樣，森林並不適合他們居住。

優瑪專注的用手斧在木頭上劈出大樣。

吉奧、瓦歷和多米衝進雕刻室。

「部落來了一輛車子。」吉奧急促的說。

「還有奇怪的一家人。」多米說。

「他們沒摔下山谷真是命大。」瓦歷說。

優瑪抬頭望著他們，一副事不關己的模樣。

「你還發什麼呆呀！走哇！大家在等你！」多米叫著。

「等我幹什麼？」優瑪問。

「優瑪，你是卡嘟里部落的頭目，部落來了奇怪的陌生人，你不去看看嗎？」吉奧說。

「噢，我忘了！」優瑪傻笑著。

多米一把拉起優瑪，往門口走去，優瑪頭髮和衣服上還黏著木屑，就和胖酷伊以及三個副頭目一路往部落入口奔去。

「請問一下，哪裡可以找到頭目？」中年男子熱情的詢問圍在身旁的人。族人們紛紛將目光望向剛剛趕到的優瑪，等著看小頭目會怎麼處理這幾個外來客。

中年夫婦看見卡嘟里部落的頭目竟然是一名小女孩時，先是一愣，接著幾乎不著痕跡的掠過一絲驚喜的笑意。「你好，我們從城市搬過來，這是我丈夫羅里，大兒子羅南和小女兒羅薇，我是費娜。」

優瑪沒有說話，只是傻愣愣的看著這一家人。她不知道該接什麼話，只是覺得奇怪，他們沒有別的地方去嗎？為什麼到卡嘟里部落來？那個叫費娜的女人剛剛是怎麼說的？從城市搬來？他們打算住在這裡嗎？

費娜見優瑪沒有反應，立即堆滿笑容補充說明：「我們有一整年的長假，所以想找個幽靜的地方好好休息度個假。我們是被部落的花香引來的。」

「真希望可以在這個地方住下來。」羅里說。

「但是，你們要住哪裡呢？」優瑪問。

優瑪看著羅南和羅薇，這真的是兩兄妹嗎？哥哥羅南看起來就像一頭壯碩的大黑熊，妹妹羅薇則像一隻瘦弱的山羌。

「我們沒有多餘的房子給你們住。」優瑪希望這家人能打退堂鼓，從哪裡來就回去哪裡。

「噢，這樣啊……」費娜猶疑著，不知該如何是好。

「有沒有可以暫時居住的山洞呢？」羅里說：「我們暫時住著也沒關係。」

「太棒了！媽，我們一輩子也沒住過山洞。」羅南興奮的跳了起來。

「我不喜歡住山洞，那裡有可怕的癩蝦蟆。」羅薇皺起眉頭，一副就要哭出來的模樣。

「沒有適合居住的山洞。山洞是蛇和其他昆蟲以及動物的家，我們不能將牠們趕走，然後讓你們住，這樣很沒有禮貌。」優瑪說。「你們也許可以趁天黑之前離開。」

「如果我們不需要山洞，又有地方住，是不是就可以留下來？」羅里又問了一次。

優瑪心裡感到一陣無奈，又要做決定了。自從沙書優失蹤之後，她一共做了五百萬個決定吧！她多麼憎恨做決定啊！卡嘟里部落四百年來除了動物研究者夏雨，少有外族人進入部落定居。這可以做為決定的依據嗎？

夏雨是從卡嘟里山的另一頭入山，翻山越嶺走了半個月，才來到卡嘟里部落山區。族人發現他時，他已經在那間自己搭建的簡陋木屋住了三個月，正在照顧一隻受傷的山羌。夏雨友善動物的行為，讓族人認定他是一個好人，同意他繼續住在木屋裡。時間一久，大家反而忘記夏雨是個外族人。

部落四百年來少有外族人進入定居，這是否表示以前曾經有外族人企圖進入居住卻被拒絕呢？或者他們是從以前到現在，第二個要求留下的外族人呢？如果他們找到山洞的話，到底該不該打破先例，讓這家人留下？如果不讓他們留下，是否會違背卡嘟里族對人友善的祖訓？如果沙書優還在，他又會怎麼做決定呢？

「我們可不可以住下呢？」羅里久等不到答覆，於是又問了一次。

一大串的問號糾結在一起，還沒來得及釐清，面對羅里的再次提問，優瑪只是從喉嚨裡輕輕的發出一聲：「嗯……」

她自己也不是很清楚這一聲「嗯」代表的是同意還是不同意。只見羅里一家人鬆了一口氣般的叫了起來：「太好了！我們可以留下來了。」

族人們議論紛紛，誰也無法肯定優瑪剛剛的意思是讓他們留下還是讓他們走，只是覺得這個小頭目做出來的決定，好像都可能存在一些錯誤。

「可是，你們要住在哪裡呢？」優瑪問。

「我們可以搭帳棚啊！」費娜說。

「我們可以在哪裡搭帳棚呢？」羅里又問。

「搭帳棚啊……」優瑪又要做決定了。

「卡里卡里樹下可不可以呢？」費娜一臉急切的問。

「兩棵卡里卡里樹下的土地都凹凸不平，根本不能搭帳棚。」吉奧說。

優瑪看著這一家人，心想他們應該只是短暫的度假，不會住太久，如果是這樣，部落右邊往卡里溪方向，那邊有片空地應該可以暫時借他們用。

「往那邊走去，半公里遠的地方有一塊空地。」優瑪伸手指了指右邊山林。「但你們的車子不能開進去。」

羅里一家道過謝後，開始從車上卸下行李。

「優瑪，這樣真的可以嗎？」多米憂心的問，她也不知道自己到底在擔憂什麼，只是覺得好像不太妥當。

「我猜他們住幾天就會走了。城市裡的人哪一個受得了癩蝦蟆和毛毛蟲！」優瑪說。

「看他們車上的家當，好像一輩子都要住在這裡！」吉奧不以為然的說。

「最近煩人的事情怎麼那麼多。」優瑪轉身離開。

「優瑪，你不覺得他們怪怪的嗎？」吉奧追上優瑪：「卡嘟里部落及附近都沒有吸引人的風景，他們為什麼要來呢？」

「他們會不會從哪裡找到一張卡嘟里山區的藏寶圖，準備潛入部落尋寶？」瓦歷激動的說：「如果卡嘟里山區有寶藏，那也是屬於卡嘟里部落的。」

「你終於發現寶藏比種子值錢啦！」多米故意調侃瓦歷。

「哼，這個世界上沒有什麼東西比得上種子。看著種子從土裡冒出芽來，那才是真正有趣的事。」瓦歷說。

「我們可以找機會問問那兩個小孩。」多米說。

「優瑪，我想起來了，那個叫羅里的人，就是三個星期前站在卡里卡里樹下觀望的男人。」胖酷伊叫了起來。

「是嗎？」優瑪轉頭看了羅里一家人，但是她看不出來有什麼奇怪的地方。三個星期前他爬山經過，被卡里卡里樹花吸引，於是帶著家人來度假，應該是很合理的解釋。

吉奧也回頭看了一眼，羅里一家人正合力把一個用黑色帆布包裹著，看起來彷彿是什麼機器的東西搬下車。羅南的視線也正好往他們這裡望了望，和吉奧的目光撞了個正著，兩人都慌張的轉過頭去。

「優瑪，我培養的三棵卡里卡里樹的種子已經冒出芽來了。只要小心照顧，卡嘟里部落就會多三棵幸福的樹。」瓦歷得意洋洋又喜孜孜的說。

「這三棵樹你準備種在哪裡呢？」多米問。

「一棵種在頭目家，一棵種在部落入口的大榕樹旁邊，另一棵就種在我家庭院。」瓦歷說。「老頭目回家以後，看到新長出來的卡里卡里樹，一定會很高興。」

「你再多培養幾棵，我和吉奧家門旁邊也要種。」多米以崇拜的目光懇求瓦歷。

「是啊！瓦歷，最理想的狀態就是卡嘟里部落每一戶住家門旁都有一棵卡里卡里樹。」優瑪露出無限陶醉的表情。

「卡里卡里樹苗對生長環境的要求很嚴格，太潮溼太乾燥太營養太貧瘠都不行。」瓦歷說。「這三棵種子雖然冒芽了，卻不保證可以平安長成大樹。」

「到底要怎樣它才會高興啊？」多米攤開雙手無奈的說。

「就是因為難以捉摸，卡里卡里樹才這麼珍貴呀！」吉奧微笑著說。

「植物圖鑑上從來沒有關於卡里卡里樹的資料可以參考，一切都得自己摸索。」瓦歷仰起下巴，神色得意的說：「這樣很辛苦、進度很緩慢，但是很有成就感，因為我正在創造第一手的資料給別人參考。」

「你最好看好那三棵小樹苗，別讓陌生人接近。」胖酷伊好心的提醒。

「誰敢動我的任何一棵小樹苗，我絕對不放過他。」瓦歷斬釘截鐵的說。

「我們多留意羅里這一家人在森林裡的活動，得先確定他們對卡里卡里樹沒有威脅才行。」吉奧說。

優瑪、多米、胖酷伊和瓦歷用力點頭表示贊同。

優瑪回到家，以前奶奶正在屋簷下釀小米酒。

「姨婆。」優瑪在以前奶奶身邊坐下。「你釀酒給誰喝呀？」

「沙書優回來的時候可以喝酒慶祝，他很愛喝我釀的酒。」以前奶奶說。

「他現在如果還在，應該很高興，只是……」

「你別擔心，沙書優會回來的。以前以前哪，我還小的時候，部落裡有一個獵人上山去打獵，從此失蹤，但是三年後他突然回到部落，族人問他這三年去了哪裡，他說他從來也沒離開過……」

以前奶奶將酒甕封口用繩子纏了幾圈後，綁上一個蝴蝶結。

「姨婆，你知道以前以前的卡嘟里山，有沒有藏著什麼寶藏？」優瑪忽然想起羅里一家人以及瓦歷的推測。

「寶藏？什麼寶藏？」以前奶奶抬起頭來看著優瑪。

「就是有人將金子、銀子還有一大筆的錢藏在卡嘟里山的某個地方，然後有很多人來尋寶。」優瑪解釋著。

「以前的森林多漂亮啊！森林裡的樹木就是卡嘟里部落最好的寶藏！沒錯，以前常常有小偷進入卡嘟里森林，偷走我們的寶藏。以前，千年以上的檜木、紅杉、扁柏滿山遍野，現在的卡嘟里森林多醜哇！像老人家的牙齒，這裡缺一棵那裡也缺一棵，七零八落的。樹在森林裡哭，你聽見了沒有？」以前奶奶望著遠山，眼裡泛著晶瑩的淚水。

有一些盜伐樹木的山老鼠會刻意繞過卡嘟里部落，從其他地方開闢了入山口，進入卡嘟里森林盜砍千年檜木。雖然沙書優在每一棵大樹附近都埋設了陷阱，增加盜伐的困難，總還是有一些零星的巨木被切成一塊一塊運下山，這些事讓以前奶奶耿耿於懷。

為了讓以前奶奶轉移憂傷的記憶，優瑪隨口問了一句：「姨婆，你什麼時候教我釀酒呢？」

「你終於想學釀酒啦！呵呵。等小米收成的時候，我再教你！」以前奶奶眨了眨眼，嘴角揚著甜酒般的微笑，小心翼翼的把剛釀好的小米酒酒甕抱到屋裡，邊走邊喃喃自語：「以前的酒真是香啊！我一直忘不了以前和我媽媽一起喝的小米酒。希望這甕酒和以前的酒一樣香。」

優瑪看著以前奶奶的背影微笑起來，以前奶奶的以前就像蜂蜜一樣，當她想念以前的種種，想到頭暈目眩時，拿出「以前牌蜂蜜」舔上兩口，所有的不適立刻消失，整個人又神清氣爽了。

4 小女巫佳佳

雕刻工作室裡。

優瑪雙手抱胸，出神的望著迷霧堡主送給她的木頭，認真思考迷霧堡主說過的話：「這塊木頭會帶給你很大的驚喜。」

驚喜？一塊木頭究竟可以帶來怎樣的驚喜？

優瑪想起兩個月前，岩石山上一塊凸出的岩石出現一個大裂縫，隨時可能因為外力的衝擊而崩裂。崩落的巨大岩石將一路滾過森林，壓扁一棵卡里卡里樹，再滾過部落，最後跌落迷霧幻想湖。為了敦親睦鄰，優瑪去拜訪了四百年來鮮少往來的迷霧幻想湖，告訴迷霧堡主這個即將到來的可怕災難。

那次的拜訪讓優瑪了解，迷霧幻想湖是一個充滿想像的空間，就像霧那般的迷濛與神祕，也像天上的雲那樣精采多變。那位一生起氣來鬍子就會冒煙著火的迷霧堡主，為了答謝優瑪，送了這塊在迷霧世界裡生長的樹木給她。幸運的是，崩落的岩石最後有驚無險的掉進被閃電擊出的大坑洞裡。

「這塊木頭來自想像的城堡，用來雕刻小女巫最恰當不過了。」優瑪說。

「但是這木頭太瘦了，只能用來雕刻巫術箱。」

胖酷伊沒有理會優瑪，他拿著手斧，專注的在一塊木頭上東砍砍西砍砍。

「你開始喜歡雕刻啦？」優瑪笑著說。「你想給自己刻一個完美的女朋友嗎？」

「哼，才不是。我要刻一個完美的百分百小勇士，取名胖酷伊二世，彌補我這輩子的缺憾。」胖酷伊看著自己胖瘦不一的四肢，無奈的說。

優瑪走到庭院堆放木頭的地方，在各式各樣不同樹種、粗細長短不一的木頭堆裡東挑西揀的選中一塊大木頭，拉到地上再滾到雕刻室的工作檯旁。

「這塊應該可以。」優瑪拍著木頭滿意的說：「木雕最重要的就是木材的挑選，木纖維的結構一定要緊密，才不會裂開，木質要細膩且充滿韌性，方便雕刻。另外，強度也很重要，可以確保完成的木雕作品歷經漫長歲月也不會變形。像這塊就是質地堅硬的樟木。」

優瑪還記得這塊木頭是她和沙書優一起去山上林場挑中的。

「當時我和父親在林場邊做完祭拜鬼神的儀式後，把樹木砍倒，就地把樹幹修整成立柱的形狀，在山上風乾一段時間，沙書優才帶領幾個族人到山上搬運回來。這塊樟木有我和沙書優共同的記憶，上頭也許還有沙書優的指紋呢。」

撫摸木頭的時候，優瑪的心酸酸苦苦的。

「用它來雕刻小女巫，將來小女巫學會巫術後，也許可以幫你找到沙書優。」胖酷伊說。

「真的嗎？」優瑪雀躍的說。

「當然是真的，她是小女巫嘛！」胖酷伊說。

「是啊！她是小女巫。」優瑪笑著說。

優瑪慎重的用木炭在樟木上畫出小女巫的雛形，修修改改後，覺得很滿意。

她摸著木頭，誠懇的說：「親愛的木頭，不好意思，讓你遠離森林的家。我現在要把你雕刻成一個小女巫，我保證一定會刻成卡嘟里部落最美麗的小女巫。小女巫的責任重大，得肩負卡嘟里族巫術傳承的責任，希望你能助我們部落一臂之力。謝謝你了，木頭。」

優瑪拿起手斧，一斧一斧的砍出小女巫雕像的大樣。

沙書優說過關於雕刻的話，一遍又一遍的在優瑪腦海裡播放，就連沙書優拿起雕刻刀指導優瑪雕刻方法的模樣，都清晰如昨日。

「使用小刀製作木雕的握刀方法，是用這四個手指頭與手掌同時握住刀柄，然後用大拇指抵住木材面，以掌力推動刀刃往內刻削，這樣才可以完全控制刀刃的方向，像這樣……」沙書優雙手環繞著優瑪，右手握住優瑪的右手說。

沙書優看著優瑪雕刻，心有所感的說：「現在的女孩真幸福，以前女人是不准做雕刻這項工作的。不准觸摸木頭，更不能碰雕刻刀。因為族人相信女人的柔弱會削減男人的力量，壞了神聖的雕刻品。現在族人的觀念開放了，女孩子也可以成為優秀的雕刻家。不過優瑪，你有空的時候，也應該跟你姨婆學學刺繡和釀酒，你再不學，她一身的絕活就沒有人可以繼承了。」

「我何必學刺繡呢？多米會刺繡，要穿新衣服找她就好了，何必每個人都會呢？」優瑪說。

能雕刻真是一件幸福的事。

庭院旁的樹上飛來幾隻白耳畫眉和冠羽畫眉，唧唧啾啾的對唱起來。以前奶奶坐在屋簷下的藤椅上，望著遠方的山，眼神陶醉的想著以前的事，耳朵聽著優瑪雕刻時，木槌清脆的敲擊聲，她心滿意足的微笑起來。

風來來去去，吹送著卡里卡里樹花的清香。

創作的血液在優瑪的身體裡狂奔，讓她全神貫注的享受雕刻的樂趣。

世界一片黑暗，只有優瑪家雕刻室的燈還亮著。雕鑿木頭的聲音呼應著屋外的蟲鳴，訴說著屬於夜晚的故事。

優瑪專注的雕刻著。

木雕女巫的大樣已經成形了，優瑪望著自己的作品，滿意的露出微笑。

天亮了。

天又暗了。

雕刻的聲音清脆的在部落上空響著。星星稀稀疏疏的閃著微弱的星光，明亮的月光照映出卡嘟里部落的輪廓，優瑪家的雕刻室還是亮著一盞如星星般的燈光。

和優瑪一般高的小女巫木雕終於完成。眼睛圓大、鼻子高挺，加上小巧的嘴巴，身材瘦高，樟木淡淡的年輪紋路，讓小女巫木雕看起來就像穿著一件薄薄的貼身條紋薄紗。

優瑪湊近小女巫木雕深深的吸了一口氣：「嗯，好好聞的樟木。」

優瑪拿起堆在角落的樹葉，進行最後一項工作，磨去木雕粗糙的表面。

一旁的胖酷伊推開被他用手斧劈得慘不忍睹的木頭，忿忿的說：「哼，雕刻，算了吧！哪裡比得上追山豬有趣。」

胖酷伊走向小女巫木雕，仔細的欣賞著：「很完美。但是，她沒理由比我高哇，我比她早出生六年耶！」

以前奶奶步履緩慢的走進雕刻室，看見優瑪拿著樹葉打磨木雕的粗糙面，她露出非常難得的滿意笑容，重複說著：「是啊！以前的人是這樣做的，以前的人是這樣做的呀！」

「姨婆，我們一直是這樣做的呀！沙書優說，山腳下那些人發明的沙紙雖然方便，但是，我們山裡的人，很歡喜的使用森林提供的材料。沙書優也說過，如果我們過分倚賴山腳下的那些東西，有一天，卡嘟里部落就會消失不見。」優瑪說。

「消失不見？那卡嘟里部落到哪兒去了呢？」胖酷伊不解的問。

「笨蛋，當然就搬到山腳下去了。」優瑪說。

「幹麼搬到山腳下去啊？」胖酷伊又問。

「當然是被那些方便的東西控制了，不得不搬到更方便的地方去呀！沙書優說，很多部落就是因為這樣而消失了。」優瑪說。

「是啊！沙書優以前以前就是個好孩子，我看著他長大的。」以前奶奶欣慰的說，說完便慢條斯理的離開雕刻室。

胖酷伊繞著小女巫雕像，前前後後、遠看近看，仔仔細細的瞧了半天。

「嗯，是個漂亮的小女巫。但是你要怎麼讓她活過來呢？」胖酷伊問：

「總不會那麼幸運的又遇到檜木精靈吧！」

優瑪撓著腦袋苦惱的說：「是啊！該怎麼做才能讓她活過來呢？」

「也許我們可以到檜木霧林等待檜木精靈，一直等一直等，一定會等到的。」胖酷伊說。

「傻瓜，萬一都等不到呢？如果這樣就可以等到檜木精靈，那所有的人都去等，什麼事都不用做了。」優瑪說。

「那麼這個木雕就只是個木雕，一點作用也沒有。」胖酷伊說。

「直接送給掐拉蘇讓她自己想辦法好了，她是巫師，她可以用巫術讓小女巫活過來。」優瑪說。

「你送這個小女巫木雕給掐拉蘇，跟送她一塊木頭有什麼不一樣？」胖酷伊說：「掐拉蘇的巫術並不具備神奇的力量。」

「那到底該怎麼辦？讓我再想想啦！」優瑪又開始亂抓起頭髮。

「她叫什麼名字？」胖酷伊踮起腳尖盯著小女巫的眼睛。

「叫什麼名字好呢？」優瑪托著下巴認真的思考著。

「叫什麼好呢？」胖酷伊也認真的想著。

「叫她巫佳佳好了。」優瑪打了一個大呵欠：「我得去睡一下，我好像好幾天沒睡了。所有的事等我醒來再想辦法。」

優瑪拍了拍身上的木屑，打著呵欠離開雕刻室。

「巫佳佳？」胖酷伊拍著腦袋自言自語的說：「這是什麼怪名字？」

胖酷伊對著剛剛獲得名字的巫佳佳說：「巫佳佳，不管你喜不喜歡，你已經叫巫佳佳了。但是，你到底會是小女巫巫佳佳呢？還是只是優瑪的木雕巫佳佳？沒有人知道你的命運會如何，因為誰也沒把握能遇見檜木精靈。」

巫佳佳嘴角揚著甜美的微笑看著胖酷伊。

「你別這樣看著我，雖然我也是一塊檜木，但是，我不是檜木精靈，我只是一塊被風吹斷滾進卡里溪，然後被優瑪撿到的檜木。」胖酷伊走到門邊看著屋外，雙手在背後交叉握著，他背對著巫佳佳說：「如果我是檜木精靈，一定會讓你變成小女巫巫佳佳，免得可憐的優瑪傷腦筋。你知道的，優瑪的事，就是我胖酷伊的事。」

話剛剛說完，胖酷伊感覺到從身體湧出一股莫名亢奮的力量，這股力量快速竄流到右手食指，指尖瞬間發熱發燙，一股強勁的金黃色電流從指尖竄出。整件事從發生到結束只有三秒鐘的時間，速度快到連胖酷伊自己也完全不知道發生了什麼事。胖酷伊舉起痠麻的右手，拿到眼前仔細看，他動了動手指頭，真是怪了，剛剛那股力量從哪兒來的？胖酷伊甩甩右手，不以為意的望著天空的星星。

砰！

胖酷伊身後響起一聲巨響，他嚇了一跳，轉過身去瞧了半天也沒瞧出什麼不對勁，他往裡面走了幾步，發現剛剛立著的小女巫木雕不見了！

巫佳佳竟然不見了！這是怎麼回事？

胖酷伊再往裡面走了幾步，發現本來斜倚在牆角的石板倒了下來，兩顆圓滾滾的眼睛躲在一個木雕後面不安的眨動著。

胖酷伊確定那是巫佳佳的眼睛，因為他剛才曾經非常專注的望著她。

她是怎麼辦到的？

剛剛有檜木精靈經過嗎？胖酷伊飛奔到屋外，四處查看了一番，又走回雕刻室。沒看到哇！胖酷伊望著巫佳佳那對不安的眼睛。

「我已經看到你了，快出來吧！巫佳佳。」胖酷伊對著那雙眼睛說。

木雕後面的眼睛又眨了幾下，怯怯的看著胖酷伊。

「沒關係，你快點出來，你已經是小女巫巫佳佳了。」胖酷伊用力的招手。

巫佳佳緩緩的從木雕後面走出來。

優瑪打著呵欠再度走進雕刻工作室，她的手上拿著一件藍黑相間滾邊綴滿珠子的披風：「我忘了給巫佳佳穿衣服，而且，我還是趕緊把巫術箱做好，這樣整件事才算完整……」

優瑪看見從木雕後面走出來的巫佳佳，嚇得目瞪口呆！

「胖酷伊，你對巫佳佳做了什麼？」優瑪尖叫起來。

「我？」胖酷伊指著自己的胸口又指著巫佳佳，一臉的莫名其妙：「我什麼都沒做呀！」

「那她、她怎麼……」優瑪無法置信的看著巫佳佳。

「我只是轉一個身，她就活過來了。」胖酷伊一臉無辜的說：「檜木精靈剛剛可能來過。」

優瑪停頓了一下，看著胖酷伊說：「但是，是誰向檜木精靈許願的呢？

沒有人許願，願望是不可能實現的。」

胖酷伊說：「可不是我，我很清楚，我什麼也沒做。」

優瑪和胖酷伊心裡都充滿了疑惑，檜木精靈真的來過嗎？在這麼短的時間裡讓巫佳佳變成木頭人？眼前的巫佳佳和優瑪一樣高，因為胖酷伊不斷抱怨身材的緣故，優瑪特別注意巫佳佳的身體比例以及臉部線條，經過優瑪細心的修飾，眨著一對靈活雙眼的巫佳佳是個漂亮的小女巫呢！

「我一直在這裡，也沒見到檜木精靈經過呀！」胖酷伊無法理解眼前發生的一切，繼續嘟囔著。

優瑪看著胖酷伊，彎下身朝胖酷伊的身體深深吸了一口氣：「好香的檜木香！胖酷伊，你會不會是檜木精靈，而自己不知道呢？」

「怎麼可能！我只是一塊被風吹斷的木頭。」胖酷伊傻笑著說。

「欸，你們兩個，總該先拿件衣服給我穿嘛！」巫佳佳開口說話了，她的聲音甜美清脆，好聽極了。

優瑪這才回過神來：「噢，對、對，該拿件衣服給你穿。」

優瑪拿出那件披風給巫佳佳披上，大小長度剛剛好。

「嗯，很適合女巫的打扮。」優瑪轉頭對胖酷伊說：「胖酷伊，我又想起你變成木頭人動起來的模樣，好可愛喔！」

當年，六歲的優瑪辛苦的將一塊和她身高一般高的木頭拉到雕刻室，舉起木槌與雕刻刀，劈里啪啦三兩下就雕刻出一個粗糙但樸拙逗趣的立體木雕。優瑪滿意的看著胖酷伊木雕呵呵笑著。

「讓我的胖酷伊變成卡嘟里部落最會抓山豬、抓飛鼠和射長矛的真正小勇士。」六歲的優瑪認真的望著胖酷伊，對著它許下她生命裡的第一個願望。

檜木精靈像皮球彈跳般剛巧跳到雕刻室的窗邊，在那瞬間聽見優瑪許的願望，他瞪大了眼睛彷彿觸電一般，一臉訝異的說：「這麼巧的事都給你碰到！」

檜木精靈合起雙手，指尖朝著胖酷伊木雕說了一句：「卡嘟里卡嘟里第十七號願望，砰！」指尖射出金黃色的光芒，打在胖酷伊木雕上。胖酷伊眨了眨他的大眼睛，緩緩轉動他僵硬的腦袋和肩膀，接著擺動他的雙手及雙腳，最後整個人活了起來，快樂的跳起舞。

優瑪讚賞的看著巫佳佳，感慨的說：「如果你是我的姊妹就好了。我多希望有一個姊妹呀！」

「為什麼我不能是你的姊妹，而必須是女巫呢？」巫佳佳不解的問。

「你是我為掐拉蘇量身打造的小女巫。我雖然很喜歡你，但是不能占為己有，你得跟掐拉蘇一起生活，學習卡嘟里族的巫術。」優瑪說：「我真想現在就看到掐拉蘇見到你之後驚喜的表情。」

「我為什麼一定要是女巫呢？」巫佳佳追根究底的問。

「因為我創造你的時候，是以一個女巫的形象雕刻的，所以完成之後，你就是女巫巫佳佳，你得跟掐拉蘇學習卡嘟里部落的傳統巫術，免得這項技藝失傳。」優瑪解釋著。「簡單來說，就是我們卡嘟里部落缺一個小女巫。」

「掐拉蘇是我們卡嘟里部落最受尊敬的巫師。巫神很久沒有指派小女巫給她，她很擔心自己找不到傳人，死後對不起祖先。這個重責大任就交給你了，你一定要好好跟著掐拉蘇學習。」優瑪又說。

天亮了，以前奶奶抱著一堆木柴經過雕刻室門口，看見巫佳佳，臉上沒有任何震驚或吃驚的表情，她淡淡的說：「以前從來不會發生這麼奇怪的事。

這個奇怪的孩子身上，怎麼老是有奇怪的事情發生呢？」

「我得趕緊做巫術箱，女巫沒有巫術箱怎麼稱得上是女巫呢！」優瑪激動的說。

優瑪拿出迷霧堡主送的木頭，鋸下一小段，開始將木頭內部鑿空。

「這個東西完成之後是要送你的。」優瑪對巫佳佳說：「掐拉蘇也有一個巫術箱，裡面放了很多要用的東西。」

巫佳佳好奇的看著優瑪和她手上的巫術箱。

「胖酷伊，你快去請副頭目們過來，看看我們卡嘟里部落巫術的傳人。」優瑪邊刻著巫術箱面板上的圖案邊說。

「他們一定會很吃驚。」胖酷伊邊說邊走出雕刻室，站在庭院中央，朝著不同方向射出三支長矛。

接著優瑪帶著巫佳佳來到沙書優的書房，拿出《卡嘟里族的巫術》，對巫佳佳解釋巫術對卡嘟里族的重要性，以及說明巫術箱裡存放的東西。

「你看，巫術箱裡有曬乾的豬皮、豬骨，桑葉、樹皮、小石子；還有小鐵刀、竹筒、木頭盤子、小葫蘆，還有硬果殼。」優瑪指著書上的圖片說。

巫佳佳搔著腦袋瓜不解的問：「這些東西要做什麼呢？」

「掐拉蘇會慢慢告訴你的。」優瑪說：「走吧！我帶你去認識頭目的家。」

優瑪帶著巫佳佳進入會議室。

「部落裡很重要的事都在這裡開會討論。我父親、祖父、曾祖父、曾曾祖父，還有以前以前的祖先都曾經在這裡開過會。」

優瑪和巫佳佳離開會議室，來到頭目書房，他們站在門口。

「這裡是頭目書房，書架上擺放的都是歷任頭目寫的日記，是我們卡嘟里族的智慧寶庫。這個地方只有頭目可以進來。」優瑪指著角落放著一本日記的地方：「那是我寫的日記。」

優瑪走到沙書優的日記擺放區。「這是我父親沙書優寫的日記。他習慣在作品上留下太陽的圖案。」

優瑪撫摸著太陽圖案說：「我好想念他。」

「他去哪裡了？」巫佳佳站在門口問。

「上山去打獵，失蹤了，沒有人知道他去了哪裡。」優瑪的臉上掠過一絲淡淡的憂傷。

「走吧！我們離開這裡。」優瑪嘆了一口氣。

她們走進優瑪房間。優瑪打開衣櫥，拿出衣服讓巫佳佳一件件試穿，巫佳佳快樂又新奇的試穿每一件衣服，在鏡子前照來照去。

優瑪面帶微笑的看著巫佳佳穿著自己的衣服，心裡惋惜的想：「如果你是我的姊妹就好了。」

神奇巫術箱

多米一邊打著呵欠走進雕刻室一邊抱怨：「以後可不可以讓我多睡一下，天才剛剛亮耶！」

吉奧和瓦歷也一邊打著呵欠一邊伸懶腰的走進來。

不等優瑪介紹，三個人同時看見披著藍黑披肩的木頭人正在調整肩上的披風，他們瞠目結舌的看著巫佳佳，每個人眼裡都充滿了不可思議和驚訝。

多米的瞌睡蟲立刻嚇得一溜煙不見了。

「優瑪，你怎麼辦到的？」多米問。

「怎麼所有的好運氣都會給你碰到，你又遇見檜木精靈了嗎？」瓦歷睜大

眼睛，一臉驚奇的望著巫佳佳。

優瑪把巫佳佳莫名其妙變成木頭人的經過說了一遍，那過程也只是，她去睡了一下，忽然想到要完成巫術箱，於是回到雕刻室，巫佳佳就已經站在那裡眨著眼睛了。

胖酷伊在一旁激動的強調自己什麼也沒做，也沒遇見檜木精靈。

「這就怪了，沒遇見檜木精靈？」吉奧懷疑的看著巫佳佳。巫佳佳的眼睛也在每個人臉上掃來掃去。

「有可能是你給她的身分是小女巫，所以她完成的瞬間，就施行巫術讓自己活起來？」多米分析著：「對，就是這樣。」

「聽起來有道理，事實上不可能。」吉奧說：「她都還沒開始跟掐拉蘇學巫術，哪來的本領？」

「是啊！而且掐拉蘇的巫術也不是那種巫術。」優瑪說。

「你記不記得事情是怎麼發生的？」多米轉頭問巫佳佳。

「我也不知道是怎麼回事，一瞬間我突然看見所有的東西，差點把我嚇死，然後我就跑去躲起來。」巫佳佳說。

「這件事真是太神奇了，天地之間，一定還存在著我們察覺不到的能量。」優瑪下了結論。

優瑪拿出稍早前做好的無蓋方形木箱，在箱子四邊鑿出幾個小洞，在洞之間繫上一個事先縫好的紅藍相間布袋，再縫上兩條肩帶，就成了可以背在背上的小巫術箱。

優瑪把剛剛完成的巫術箱掛在巫佳佳的肩膀上：「這是你的了。」幾個人圍繞在巫佳佳身邊開始把玩起巫術箱。

「優瑪，我也想要有這樣一個巫術箱，好漂亮喔！」多米羨慕的說。

「除非你願意做掐拉蘇的小女巫，只有巫師才可以擁有巫術箱。」優瑪說。

「噢！我才不要做小女巫呢！」多米說。

「走吧！我們把巫佳佳送去給掐拉蘇，她一定會很高興的。」優瑪拉起巫佳佳的手說。

以前奶奶端出一盤番薯餅，要大家吃完早餐再出門。他們只是隨手抓了幾塊餅就急匆匆的走出庭院，大家都急著想看掐拉蘇驚訝的臉。

一行人浩浩蕩蕩的走過村子，經過卡里卡里樹時，看見羅里一家人坐在樹下野餐，地上擺滿了豐盛的食物。羅里夫婦見到優瑪，立即站起身。

「嘿，優瑪頭目，歡迎加入我們的野餐。」羅里熱情的招呼著。

「不了，我們還有事。」優瑪說著，並且把最後一口番薯餅塞進嘴裡。

羅南和羅薇看見巫佳佳，驚奇的大叫：「哇！爸爸你看，又多了一個會走路的木頭人！」

「她是巫佳佳，是掐拉蘇的小女巫。」優瑪解釋著。

「你們是怎麼辦到的？」羅薇驚訝的叫了起來，她多麼想要一個木頭人來幫她背書包哇！

「我們也不知道，她就這樣突然活過來了。」胖酷伊說。

「胖酷伊也是突然活過來的嗎？」羅南問。

「優瑪遇見檜木精靈，許願讓胖酷伊變成真正的小勇士。」多米補充說道。

「許願？就這麼簡單？」羅南無法置信的說：「如果我許願讓魚可以在陸地上走，魚就真的可以在陸地上走嗎？」

「當然不是這麼簡單。你想要遇見檜木精靈這件事就非常不簡單。」吉奧說。「森林裡有很多精靈，但是如果你把扁柏精靈當成檜木精靈許願，那麼……嘿嘿嘿，你的願望……」

「願望會怎樣？」羅薇問。

「你的願望就會以相反的方式實現。比如說許願變成有錢人，你就會變成窮光蛋；如果許願希望變美麗，你就會變成像癩蝦蟆一樣醜。哈哈哈！」多米說著說著自己大笑起來，她多麼期待看一場許錯願望的笑話。

巫佳佳好奇的觀察每一個人。

「好好玩喔！」羅薇拍起手來。「檜木精靈住在哪裡呢？」

「沒有人知道他們住在哪裡。」瓦歷說。

「我們得走了，還得把巫佳佳送去給掐拉蘇呢！」優瑪說。

「我們可以一起去嗎？」羅薇一臉期待的問。

優瑪覺得為難，他們畢竟都還是陌生人。

「去呀！去呀！優瑪頭目，他們常常喊無聊，如果能跟你們去走走看看，那真是太好了。」羅太太說。

「那好吧！」優瑪心裡不願意，但是嘴上卻答應了。

羅南和羅薇一路上不斷追問檜木精靈的事：怎麼樣才能遇見他們？他們通常都在哪裡活動？如果可以抓到一隻檜木精靈，就有許不完的願望，那該有多棒啊！

「你怎麼會這樣想？誰都不可以去綁架檜木精靈！他們是屬於卡嘟里森林的。」吉奧生氣的瞪著羅南。

羅南發現說錯話了，趕緊接口說：「我隨便說說而已！」

掐拉蘇住在卡里溪橋右側森林，優瑪一行人抵達掐拉蘇家時，她正在菜園裡整理菜圃。

「掐拉蘇。」優瑪叫著。

掐拉蘇抬起頭挺起腰桿，看著優瑪一群人逐漸走近，趕忙站起來。

「你不是要一個小女巫嗎？我幫你訂做了一個。」優瑪將巫佳佳推到掐拉蘇面前：「你看，這就是你的徒弟。」

掐拉蘇看到巫佳佳嚇了一跳，眨了好幾下眼睛，還來不及反應，就聽見優瑪連珠砲似的說：「這個小女巫可厲害囉！她的巫術箱是個百寶箱，不僅有可以治病的東西，還有，你想得出來的東西，只要打開這個鬆緊袋，就可以拿到。例如你說：『豬骨』，這裡面就有豬骨，你說：『剪刀』，裡面就會有剪刀。」優瑪說得口沫橫飛。

胖酷伊和所有的副頭目都聽傻了眼，巫術箱什麼時候變得這麼厲害呀！

「真的嗎？想得出來的東西，都可以拿到嗎？說『豬骨』這裡面就會有豬骨，說『剪刀』裡面就會有剪刀嗎？」巫佳佳瞪大眼睛。

「優瑪，巫術箱什麼時候多了這麼多功能啊？」吉奧疑惑的問。

「就剛剛啊！」優瑪說：「剛剛想到，如果可以這麼厲害就好了。」優瑪傻笑著說。

「噢，天哪！優瑪，你怎麼可以信口開河，真是嚇死我了。」多米說。

掐拉蘇本來受到不小的驚嚇，聽到這些孩子的對話，轉而興致高昂的聽著，她呵呵笑著說：「你這個孩子真是太有趣了。」

巫佳佳覺得背上的背袋突然變重，她拿下巫術箱打開鬆緊袋，露出驚訝的表情。

「這裡面有東西呢！」巫佳佳叫了起來，從巫術箱裡拿出幾塊豬骨和一把剪刀。

所有的人又再度受到驚嚇！

這是怎麼回事？

「優瑪剛剛說豬骨和剪刀不是嗎？巫術箱裡就立刻就出現豬骨和剪刀！」多米驚訝的叫了起來：「噢，天哪！這是怎麼回事？」

「優瑪，你再試試別的東西，看看會不會跑出來。」瓦歷說。

在場的每一個人都屏氣凝神的看著優瑪。

「好，我試試。」優瑪想了想後，說：「小米、地瓜、雕刻刀。」

說完後立即要巫佳佳打開巫術箱瞧瞧。巫佳佳將巫術箱在每一個人面前晃過，箱子裡沒有小米、地瓜和雕刻刀。

「這回不靈了。」瓦歷略顯失望的說。

「讓巫佳佳試試，剛剛她也說了豬骨和剪刀。」吉奧說。

優瑪對巫佳佳說：「你試試看。」

巫佳佳仰著頭看著樹梢，想著在書上看過的圖片，然後認真的說：「小米、地瓜、雕刻刀。」

巫佳佳說完立即打開巫術箱，現場爆出一陣歡呼聲，真的出現小米、地瓜和雕刻刀！

「我明白了，巫佳佳是小女巫，而這個巫術箱是屬於她的，所以只有她的指令才有用。」吉奧恍然大悟的解釋著。

「但是，這個巫術箱怎麼會變出這些東西呢？」瓦歷說。

「巫術箱是用迷霧堡主送我的木頭刻成的。迷霧城堡裡的東西，具有無限的想像力量，所以當你想像巫術箱裡有什麼的時候，它就會出現什麼。」優瑪試著給一個合理的解釋。

「竟然有這麼好玩的東西！」多米一臉羨慕的看著巫術箱。

巫佳佳喜形於色的撫摸著巫術箱，彷彿那是珍奇的寶貝。

「原來這就是迷霧堡主所說的驚喜。」優瑪說。

就連掐拉蘇也覺得驚訝：「我的巫術箱什麼東西也變不出來呢！」

「什麼東西都可以變出來嗎？」羅薇好奇的問：「巫佳佳你可不可變出一個洋娃娃給我呢？」

「洋娃娃是什麼東西？」巫佳佳想像不出洋娃娃長什麼模樣。她從巫術箱裡拿出一顆圓滾滾的石頭，她以為「娃娃」這兩個字代表「圓圓的球」，她問：「這是洋娃娃嗎？」

「噢，這哪是洋娃娃！這是石頭！」羅薇誇張的叫了起來。

「她會變出豬骨和剪刀，是因為我翻書給她看過，她沒見過的東西，當然就無法想像了。」優瑪說。

這下子大家都明白了，巫佳佳因為沒見過洋娃娃，所以想像不出來。

「哦，原來如此。」多米一副恍然大悟的模樣。

「山上真的比城市好玩多了，好玩到感覺好不真實啊！我是不是還活著呀！」羅南拍了拍自己的額頭，簡直不敢相信自己所看見的。

優瑪覺得這件事有點不對勁，但是到底哪裡不對勁她又說不上來，巫術箱會變出真實的東西，到底好不好呢？

「掐拉蘇，巫佳佳以後就住在你家，她是你的徒弟了。」優瑪說。

掐拉蘇這下慌了，她面露驚恐試圖阻止：「不，我要的巫術傳人得經過巫神同意並且降下神珠才行，我不能收這個木頭──」掐拉蘇望著巫佳佳，遲疑了一下，將「木頭人」給嚥了回去：「我不能收巫佳佳做徒弟。」

「掐拉蘇，你可以請示巫神哪！我想祂會同意的。你跟祂說是卡嘟里部落的優瑪頭目拜託祂，請祂同意讓巫佳佳成為卡嘟里部落的巫術傳人。你告訴祂，祂若不同意，就再也沒有人可以幫你了。」

掐拉蘇望著巫佳佳，不知該如何是好。「但是……但是……」

「你相信我啦！巫佳佳會是個好女巫。」優瑪轉身對巫佳佳說：「巫佳佳，你好好跟掐拉蘇學習，我改天再來看你。」

掐拉蘇和巫佳佳目送著一群人消失在眼前，兩人面面相覷，尷尬的不知該說什麼。

回程經過卡里卡里樹，羅里夫婦還坐在樹下，他們拿著一個玻璃容器，正在蒐集落到地上的卡里卡里樹花。

羅薇衝過去迫不及待的對羅里夫婦報告她的神奇遭遇：「爸、媽，你們一定不相信我所看到的，巫佳佳的巫術箱有魔法可以變出東西。」

羅里夫婦一臉疑惑的望著興奮異常的兩個孩子。

「這是真的！她想變什麼就可以變出什麼。」羅南補充說道：「是真的，不是魔術喔！」

優瑪向羅里夫婦點頭致意後離開。

胖酷伊頻頻回頭看著羅里一家人，他不安的對優瑪說：「優瑪，你真的不覺得這家人對卡里卡里樹充滿了興趣嗎？」

「胖酷伊，任何人都會對卡里卡里樹感興趣的。一旦聞過那種花香，誰都會賴在樹下不肯走。」多米說。

遠遠的，背後還傳來羅薇尖銳的叫聲：「這是真的！」

優瑪和副頭目們紛紛轉頭望去，只見羅南、羅薇兄妹誇張的比手畫腳，繼續訴說他們的所見所聞。

「我也覺得那一家人怪怪的，他們望著卡里卡里樹的眼神很不一樣。」吉奧說。

「別擔心，我培養的卡里卡里樹種子已經發芽，如果沒有意外，在不久的將來，卡里卡里樹就會長遍我們卡嘟里部落每一個角落。要不要現在到我家看看？」瓦歷用閃著自信的雙眼，興奮的望著每一個人。

「終於完成了掐拉蘇這件心事，我要回去睡一個飽飽的覺，我已經兩天沒睡覺了。」優瑪打了一個大呵欠。

「看完再回去睡嘛！優瑪。」瓦歷熱烈的邀請著。

「是啊，優瑪，我們去看嘛！看完你會睡得更香甜喔！」胖酷伊說。

「好啦！我們去看啦！但是，我真的好睏喔！」優瑪又是一個大呵欠。

瓦歷的父親阿通坐在屋簷下整理鳥籠，看見優瑪等人來訪，立即熱情的招呼著：「嘿，優瑪頭目，歡迎歡迎啊！你好久沒來我家坐坐了。」

優瑪看著阿通手上的籠子問：「這麼奇怪的東西，是鳥籠嗎？」

「答對了。你們看喔，我抓一隻美麗又有好歌喉的母鳥放進鳥籠裡。母鳥會唱歌，然後吸引公鳥過來，只要公鳥往竹籠子四周一靠近，碰觸到這個小彈簧，旁邊的網子就會彈起，然後把公鳥網住。聰明吧！以前我聽過這種方法，但是沒見過這種鳥籠，現在我憑著聰明的腦袋終於做出來了，哈哈，我真是個天才。」阿通得意極了。

「你這樣抓鳥，卡嘟里山的鳥會不會被你抓光光啊？」多米擔憂的說：「那山裡就沒有鳥了！」

「胡說！山裡的鳥多得像小米田的小米粒那麼多，怎麼可能抓得完！」阿通說。

瓦歷從屋子裡探出身子：「進來呀！別理他啦！」

優瑪、吉奧、多米和胖酷伊走進屋裡。阿通在他們身後連聲抱怨著：「臭小子，什麼別理我？這些珍貴的手藝將來是一定要傳給你的……」

瓦歷的房間牆上擺滿了數不清的瓶瓶罐罐，罐子裡裝著各式各樣稀奇古怪的種子，看得大家眼花撩亂。

「哇！又多了好多種子！瓦歷你從哪裡弄來這麼多奇怪的種子？」多米問。

「這裡有一千多種，都是在卡嘟里森林找到的。如果把每一個種子的故事來源都告訴你，我得三天三夜不睡覺才說得完。」瓦歷得意的說。

接著瓦歷推開房間的後門，那是一個築著圍牆的祕密基地，瓦歷在他的小天地裡探索植物生命的祕密。

「卡里卡里樹的樹苗在這裡。」瓦歷指著角落種在盆栽裡的三株植物，上頭搭了一個遮擋風雨的小竹棚。「以前的卡里卡里樹種子剛剛發芽的時候，曬太多陽光，曬死了。森林裡的幼苗，因為貼近地面，大部分的陽光都被其他高大的樹木遮住，因此只能吸收到一點點陽光，有些植物死了，有些卻活得很好。我現在嚴格控制它們吸收陽光的時間，它們才可以長這麼大。」

「瓦歷很快就可以解開卡里卡里樹的祕密了。」優瑪說。

「這棵紅色的植物是什麼？」多米指著一盆膝蓋般高的植物問。

「這是從松鼠洞裡拿到的種子長出來的。」胖酷伊說，他記得它還是小幼苗時候長滿尖刺的模樣。那是幾個月前瓦歷從松鼠洞裡找到的三顆怪種子，他用三顆核桃換來的。

「噢，這是什麼？顏色這麼鮮豔，有沒有毒哇？」多米退後了一步。

「我從來沒見過這種植物，要再觀察，等它開花。」瓦歷說：「那些松鼠是怎麼得到這些種子的呢？」

「就跟你說那是牠們的傳家寶了，你還懷疑。」多米說。

松鼠的傳家寶？不會吧！瓦歷臉頰一陣燥熱，心裡浮上一層淡淡的不安。如果真的是松鼠的傳家寶，那該怎麼辦呢？

6 幸福的香水

送出巫佳佳後，優瑪過了幾天優優哉哉的日子，她讀了許多頭目日記，也寫了自己的頭目日記；她到卡里溪抓魚；去看烏那婆婆處理苧麻；陪帕克里喝茶，希望他能適應藤蔓遠走他鄉的日子。更多時候，她待在雕刻室為她的心工作，雕刻是她所能獲得的快樂之中，最紮實也是最深刻的。

這天，天才濛濛亮，她精神奕奕的獨自散步到「天神的禮物」平台。多麼感謝那場大雷雨，閃電及時在岩石下方鑿開一個大洞，接住崩裂的岩石，也造就這麼漂亮的大平台，讓父親沙書優可以在上頭留下他還活著的線索，也讓優瑪每當想念父親時就可以來到這裡，安靜的回憶與父親相處的點點滴滴。

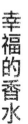

優瑪坐在平台上，撫摸著巨大的太陽圖案。每當坐在這裡，她都能感覺和沙書優非常靠近，不管沙書優因為怎樣的理由不肯現身，這圖案證實沙書優真真實實來過這裡，坐在這裡俯瞰卡嘟里部落。雖然她無法理解沙書優究竟是怎麼辦到的，先在岩石的小縫隙裡雕刻太陽圖案嗎？或許是岩石斷落時，在迷濛的雨中趁著混亂跳上平台，快速的雕刻了太陽圖案，然後再快速的逃走嗎？

層層疊疊無限延伸的遠山，在清晨的霧裡若隱若現，卡嘟里部落也安靜的躺在山的懷裡繼續酣睡，多麼美好的時刻呀！優瑪深深的吸了一大口氣，早晨清甜的空氣裡，充滿著卡里卡里樹的花香呢！

幾隻畫眉停在不遠處的梅樹上，一會兒現身，一會兒又躲進濃密的枝葉裡，優瑪和樹上的鳥兒玩了一場捉迷藏。只要她高興，隨時可以加入這場遊戲，因為鳥兒會用最美妙的聲音邀請她，搖動枝葉透露牠的位置，她的目光得專注又敏銳，才可以準確找出鳥的位置。

優瑪正暗自歡喜，擁有這麼美麗又沒有人打擾的清晨，她覺得自己像極了快樂的國王。

「早安！優瑪頭目。」

優瑪轉頭望去，看見羅里夫婦站在平台上，手裡拿著一個透明的容器，裡面裝著卡里卡里樹花，看來他們剛剛從卡里卡里樹那兒過來。

對於美好的時刻被破壞，優瑪顯得不太開心。

「很棒的早晨，是吧！」羅里把裝著卡里卡里樹花的玻璃瓶放在地上，做起擴胸運動。

「真高興我們來到這裡度假。優瑪頭目，謝謝你讓我們住進部落。」費娜也伸著懶腰，用力的呼吸森林裡清新的空氣。

「看得出來，你們很喜歡卡里卡里樹。這兩棵樹是我們卡嘟里山的寶貝。」優瑪望了一眼裝滿卡里卡里樹花的玻璃瓶問：「你們撿這些花做什麼用呢？」

「我們準備利用卡里卡里樹花，提煉出讓人聞到就感覺幸福的香水。」費娜蹲在優瑪身邊說。

「讓人聞到就感覺幸福的香水？」優瑪疑惑的問。

「是啊！我們是香水製造商，走遍世界各地尋找可以製成幸福香水的珍奇花卉，我們一度以為地球上沒有這樣的花，沒想到卻在卡嘟里部落找到了。」費娜說。

「是啊！我那天爬山經過，聞到卡里卡里樹花的香氣，當場愣住，這就是我們夢寐以求的香味呀！」羅里陶醉的說。

優瑪笑著說：「你們這樣做根本就是多此一舉！卡里卡里樹花不用提煉成香水，它長在樹上，散發自然的香氣，靠著風的傳送，每一個人都聞得到這幸福的香味！」

「話是這麼說沒錯，但是優瑪頭目，你想一想，有多少人可以聞到這樣的香氣呢？只有卡嘟里部落的人才聞得到，多可惜呀！」費娜說。

「那也沒辦法，卡里卡里樹就長在這兒。」優瑪攤開雙手無奈的說。

「這個問題有辦法解決的，優瑪頭目，把它提煉成香水，就可以解決空間和距離的問題了。」羅里說。

「但是樹花最後會枯萎掉落。」優瑪說。

「就是因為花朵會枯萎，才需要提煉成香水，這樣人們就可以不受花期盛開與枯萎的影響，任何時刻都可以聞到花的香味。」費娜說。

「這花怎麼製成香水呀？」優瑪疑惑極了。

「這牽涉到複雜的技術問題。」羅里試著解釋複雜的概念：「方法非常多，我們最常使用的是水蒸氣蒸餾法，就是利用水蒸氣將花的香精抽出。」

優瑪努力想弄明白這複雜艱深的技術，但是她最後放棄了。總之，只要明白提煉成香水之後，人們就不再受到花期的影響，隨時都可以聞到花香的道理就行了。

「優瑪頭目，我們被卡里卡里樹花深深的吸引。」羅里屈膝跪坐在優瑪身邊急切的說：「請你讓我們提煉卡里卡里樹花成為幸福的香水好嗎？」

優瑪指著地上掉落的樹花說：「這些掉落的，撿到的都是你們的，你們想怎麼做都行。」

「優瑪頭目，這不行啊！要提煉香水，一定要新鮮的花朵才行，這些撿來的花大都枯掉了。」費娜說。

「請你答應讓我們採收樹上新鮮的花。」羅里急切的懇求。

「這可不行！」優瑪站起身，口氣堅決的說：「卡里卡里樹是我們的寶貝，我們得給它自由，花朵由季節決定盛開就盛開、枯萎就枯萎、掉落就掉落，不可以強行摘花，否則我們部落就無法充滿幸福的味道了。」

「優瑪頭目，難道你不希望世界上每一個人都幸福嗎？」羅里一點都不願意放棄，繼續勸說。

「當然希望啊！」優瑪說。

「我們可以幫你完成這個心願。我們會讓卡里卡里花香水暢銷全世界，只要你願意把卡里卡里樹交給我們管理。」羅里說。

「是啊，優瑪頭目，到時候我們有辦法讓卡嘟里部落的每一天都充滿幸福的味道。」費娜幫腔著說：「我們會送給部落裡每一戶人家幸福的香水。」

優瑪覺得有一點不對勁，但是又說不出哪裡不對。

「樹花最後還是會枯萎掉落，這麼香的花，多可惜呀！我們只是趁它掉落前，先蒐集起來好好利用，把它變成另一種寶貝。一旦它枯萎掉落，就只是變成垃圾而已。」羅里說。

「它不會變成垃圾的，它會被土壤吸收變成肥料，幫助母樹更加茁壯。」優瑪說。

「這樣的肥料功能畢竟有限，優瑪頭目。」羅里說：「所有的東西都得讓

它發揮最大的功效。這些最後總是會枯萎的花朵，最大的功效就是拿來提煉香水，讓香味散播到世界每一個角落。」

優瑪思考了一會兒，覺得羅里的話好像有點道理：「你們會把所有的花全摘光嗎？」

「要提煉香水，的確得把花摘光。」羅里說。

「這樣我們就聞不到花香了，而且花期就要結束了。」優瑪說。

羅里一臉誠懇的保證：「這點請你放心，我們研發出一種肥料，可以讓卡里卡里樹一年四季都是開花期。」

「這是什麼肥料？」優瑪覺得不可思議。

「這種肥料會讓樹忘記四季的變化，維持在花季的記憶，這樣它就可以一整年都在開花。」羅里得意的說。

優瑪震驚極了：「這樣卡里卡里樹最後會變成像呆子一樣的樹，沒有春夏秋冬，絕對不行！」

「讓部落以及全世界的人都生活在幸福的花香裡，不是很棒嗎？」羅里嘸了一口口水後緊接著說：「要得到幸福，是得付出代價的。」

「我們連香水的名字都想好了，就叫『卡兒的婚禮』，很動人吧！婚禮就是幸福的時刻，聞到這香水的人，就好像正在舉行一場婚禮一樣幸福。」費娜陶醉的說：「天哪！光聽到這個名字，我整個人就不由自主的興奮起來。」

「不行，我絕對不允許任何人做出傷害卡里卡里樹的事。」優瑪口氣堅定的說。

優瑪看著卡嘟里部落，晨霧已經散去，陽光在遠山劃出一道明亮與幽暗的界線，光線緩緩的移動著，很快就會移到部落上。部落的煙囪冒出炊煙，卡嘟里部落醒來了。

羅里的臉色閃過一絲不耐煩，由於要努力壓抑更大的不耐煩，他略顯激動的說：「優瑪小頭目，你還要考慮什麼呢？你只要輕輕的點一下頭，就可以為世界帶來和平，為什麼不點頭呢？一個主宰全人類幸福權利的人，竟然這樣三心二意，怎不叫人心急！」

優瑪沒有接話，她心裡想著，天神把珍貴的卡里卡里樹送給卡嘟里部落，一定有祂的道理，如果有一天，卡里卡里樹真的變成呆子樹，再也感應不到美麗的春夏秋冬，那不是太可憐了嗎？而且，這一定會觸怒天神的。

「我還是得想想才行。我得走了。」優瑪拍了拍屁股，準備離開天神的禮物平台，走了幾步，又轉過身來對著羅里夫婦說：「千萬不要打卡里卡里樹的主意。我們有權利自行處置違反我們部落規則的人，你們是知道的吧！」

已經走遠的優瑪又被費娜給叫住。費娜從口袋裡拿出一個模樣精緻漂亮、只有拇指般大的小玻璃罐。

「優瑪頭目，這個請你收下。這就是我們提煉的香水，這花來自南美洲山上的峭壁，也是一種很珍奇的花。這可以幫助你好好思考我們的建議。」費娜小心翼翼的打開瓶蓋，滴了一滴香水在優瑪的手背上。「你聞聞看，很棒的香味。」

優瑪將手背放在鼻尖下輕輕一聞，嗯，好香！

費娜將香水瓶遞給優瑪，優瑪接過香水，仔細的瞧著瓶裡琥珀色的液體。

「卡里卡里樹花也可以提煉成這樣一小瓶香水嗎？」優瑪問。

「這是當然的，它肯定會是全世界最棒的香水。」費娜說。

「這樣啊！我得和我的副頭目商量商量。」優瑪說。

「副頭目？」羅里不明白。

「吉奧、瓦歷和多米是我的副頭目。」優瑪說。「我得走了，以前奶奶煮好小米粥看不到我會擔心的。」

優瑪轉身小跑步離開平台。羅里夫婦目送著她離開。

「叫羅薇和羅南也加入變成副頭目。」費娜說。

「這談何容易！叫他們盡快和優瑪他們玩在一塊還容易一點。」羅里說。

「真是急死人了。」費娜說：「這個世紀之花就在眼前，我們卻什麼也做不了。」

「稍安勿躁，這種事急不得，急了會壞事的。」羅里輕輕的呼出一口氣後故作鎮定的說。

7 四個吉奧

胖酷伊氣得就要冒煙了！

「我早就說過，那家人在打卡里卡里樹的主意。」胖酷伊憤怒的說。

「摘光樹上的花？這太過分了，我們不能幫卡里卡里樹做決定。」吉奧也怒氣沖沖的說。

幾個人聚集在卡里溪橋下，聽著潺潺的流水聲，討論關於香水的事情。

優瑪拿出費娜送的香水瓶，在每個人的手背上滴了一滴。

「你們聞聞看。」優瑪看著大家的反應。

「嗯，真的好香喔！」多米一臉滿足的說。

「這是怎麼做到的？真神奇！」瓦歷也驚訝的說。

「是很香，但是自然的香氣更好，不是嗎？」吉奧說：「優瑪，你不會已經答應把卡里卡里樹交給他們了吧！」

「當然沒有。我必須跟副頭目商量才行啊！」優瑪說。

「優瑪，你千萬不可以答應，他們發明的那個什麼讓樹忘記四季的肥料，會害死卡里卡里樹的。」吉奧氣急敗壞的說。

「這倒是。優瑪，卡里卡里樹是一種很有個性的樹，我猜只要施一次那種肥料，就會要了它的命。」瓦歷說。

「他們可以撿樹上掉下的花呀！」多米不停的吸聞手背上的香氣：「如果做成這樣的香水真的很棒耶！」

「他們說一定得用新鮮的花才行。」優瑪說。

「我們的卡里卡里樹花不需要做成香水，它的香氣在空氣中飄揚，只要呼吸就可以聞到，何必做成香水放進罐子裡聞，然後樹上空蕩蕩的，把原本簡單的事情變得複雜，這不是很奇怪嗎？」吉奧說。

「他們說做成香水之後，推廣到全世界，讓所有的人都可以因為聞到幸

福的香水而感到幸福。而不是只有卡嘟里部落的族人才擁有幸福。」優瑪說。

現場一片沉默，每個人都在咀嚼這句話，聽起來好像有點道理，讓全世界的人都可以分享到卡里卡里樹的花香而感受到幸福，似乎是一件挺美好的事。但是……好像有哪裡不對勁？

「我們去看看卡里卡里樹吧！」優瑪說。

幾個人走出橋下，過橋後往東邊的卡里卡里樹走去。

「如果我們不同意，是不是表示卡嘟里部落的人很自私呢？」優瑪問。

「但是，我們怎麼可以因為不想自私而害死卡里卡里樹呢？」瓦歷說。

「我們不可以替卡里卡里樹決定。」吉奧說。

來到卡里卡里樹前，粉紅色的花朵綴滿整棵樹，充滿喜氣的氣氛，花香讓人打心底感到喜悅。

「好想躺在落花上頭睡一覺喔！」多米看著地上厚厚一層粉紅色的地氈花。

「誰來告訴我們卡里卡里樹怎麼想的？」優瑪說。

「我來吧。我是檜木，同樣是樹木，他一定願意告訴我它的想法。只有我聽得懂樹的語言。」胖酷伊說完便走向前，雙手環抱著卡里卡里樹，並將耳朵緊緊貼著，閉起眼睛仔細聽。

大夥兒緊張的看著胖酷伊，等待他的答案。沒有人懷疑胖酷伊和其他樹木溝通的能力。

「卡里卡里樹什麼也沒說，只唱了一首歌：

我在這裡，我在這裡，

在小山徑的旁邊。

如果你還看不到我，

就跟著花香來吧！

它一直重複唱這首歌，我問它同不同意把花朵交給別人提煉香水，它頓了幾秒鐘，又繼續唱歌。」胖酷伊說。

「沒說別的？」優瑪問。

「沒說別的。它唱的歌真好聽。」胖酷伊陶醉的說。

「這歌是什麼意思呢？」多米問。

「總之，它沒有說好，我們就不能擅自作主，把還長在樹上的花交給別人。」瓦歷說。

「從歌詞意義上聽來它應該是不同意的。它說：『如果你還看不到我，就跟著花香來吧！』意思是你只能聞聞花香。」吉奧說。

「我同意。」胖酷伊說。

「嗯，沒錯，城市有的東西，我們不一定有，我們有的東西為什麼城市一定要有？這說不過去。不給，並不表示我們自私，對吧？」

優瑪做出這次會議的結論，獲得所有副頭目的贊同。

「我們要不要去看看巫佳佳？已經第四天了，不知道她的巫術學得如何？」多米問。

「我也正在想她呢。這麼多天了，也許她已經變成一個厲害的小女巫了呢！」優瑪說：「走吧，去看看巫佳佳。」

一行人來到掐拉蘇家門口，被眼前的髒亂嚇了一大跳！屋子裡裡外外堆滿了碎裂的酒甕、碗碟、豬骨、葫蘆……空氣裡瀰漫著酒味和醃菜腐爛的臭味。

「發生什麼事了？」多米問。

「可能是大黑熊來拜訪過了。」瓦歷回答。

優瑪在門前大叫了幾聲掐拉蘇的名字，沒多久，掐拉蘇緩緩的從屋裡走出來，神情落寞又沮喪，眼眶泛紅，好像幾天幾夜都沒睡覺似的。

「老人家，你家怎麼了？」優瑪焦急的問。

「別說了，別說了。唉！」掐拉蘇嘆了一口長長的氣。

「巫佳佳呢？怎麼不見她人影？」優瑪向四周張望，尋找巫佳佳的蹤影。她大聲喊著：「巫佳佳，我們來看你了。」

「她一大早就走了，不知道跑去哪裡了。」掐拉蘇說。

啊！走了？怎麼回事？在場的每個人都驚訝極了！

掐拉蘇開始述說巫佳佳住進家裡後，為生活帶來的可怕災難！

「巫佳佳是個很可愛的女孩，她住進來的時候，發現我家裡的東西不多，好心要幫我的忙，於是變出好多東西，桌子、椅子、棉被、陶罐……變出一大堆東西，把我家塞得寸步難行，她對於變出東西的興趣遠遠超過對巫術的學習。她每天還偷偷跑出去幫別人變東變西，忙得不得了。今天早上我醒來，她又變出一大堆的鞋子，說什麼可以讓我挑選，讓我根本下不了床，我一氣之下就叫她走，不要再回來了。」

優瑪臉色凝重的聽著。

「更慘的是，從巫術箱裡變出來的東西，三天後就會自動消失不見，這我不知道，巫佳佳自己也不知道。我用她變出來的陶甕釀酒醃菜，沒想到巫佳佳被我趕出去之後，她變出來的酒甕、陶甕和其他東西，陸陸續續消失不見，所有的酒潑灑在地上，醃菜也躺在地上。真是糟糕透了！我分不清楚哪個是真的、哪個是假的，從巫術箱變出來的東西得三天才會消失，所有的東西都得等三天才知道真假，但是這個三天、那個兩天，誰記得哪個是哪個！除了這個，她對巫術的學習很敷衍，還沒完全學會就自以為了不起，急著幫鄰居的狗治病，結果讓那隻狗失去聲音，不再吠叫了。」

掐拉蘇說完後，深深的嘆了一口氣。

「優瑪頭目，你答應幫我找一個徒兒，我真的很感激，但是我並不想要一個木頭姑娘！請你讓她以後都不要回到我這兒來了，我的生活被她攪得一團亂，要很久才能夠復原哪！」掐拉蘇神情疲憊的說。

這樣的結果真是出乎優瑪意料！

看著被巫佳佳整得慘兮兮的掐拉蘇，優瑪頻頻道歉，並答應會處理好這件事。幾個人七手八腳的花了整個上午，才將掐拉蘇的家收拾妥當，才剛剛收拾好，又一個陶罐「啵」的一聲消失了，裝在裡面的小米酒嘩啦嘩啦的灑了一地。

「你看看，多可惜的小米酒！」掐拉蘇心疼的說。

「巫佳佳去哪裡了？」優瑪問。

「誰知道她去了哪裡，我不想再見到她了。」掐拉蘇搖著頭痛苦的說。

優瑪和她的副頭目們帶著不安的心情離開掐拉蘇的家。

一行人走在森林小徑上。老是東張西望尋找種子的瓦歷發現了什麼。

「你們看那邊。」瓦歷說。

三百公尺遠的地方有一條三十公尺寬的卡里溪小支流，上頭架起一座跟卡里溪橋一模一樣的木橋。

「咦，那條溪流不寬、溪水也不湍急，涉水過很安全哪，什麼時候多了這座橋？優瑪，你知道嗎？」吉奧疑惑的問。

「我不知道，我們過去看看。」優瑪說。

幾個人來到橋邊，走上橋面，臉上充滿了疑惑。

「可能是有人不喜歡把腳弄溼就蓋了這座橋，沒什麼好奇怪的。」多米解釋著。

「但是我們不可能不知道哇！蓋這樣一座橋，每一戶人家都會被通知，然後派出一個壯丁參與，但是我爸爸完全沒提過。」吉奧說。

「我也沒聽我爸爸說過。」瓦歷說。

「問題是，這個地方沒必要搭一座橋！」優瑪說。

吉奧在橋上走來走去仔細的觀察，他看見護欄上有一根木頭的側邊有一道刀痕時，突然大叫一聲。但是來不及了，木橋瞬間憑空消失，一群人掉進溪水裡。劈里啪啦一陣掙扎後，一個個狼狽的爬上岸。

「我記得那個刀痕，那是我不小心劈出來的，才剛想到這是巫佳佳變出來的橋，還來不及說就消失了。」吉奧一邊扭乾身上的衣服一邊說。

「有這麼巧的事，剛好第三天！」優瑪說完，打了一個大噴嚏。

「就有這麼巧的事。」胖酷伊說。

「差一點摔死！」多米脫下鞋子，將裡頭的水倒出來。

「現在問題來了，該怎麼分辨哪些是真的哪些是假的？」瓦歷問。

「你看剛剛那橋，假的也跟真的一樣，怎麼分辨？」多米說。

「這件事完全失控了！」優瑪懊惱極了。

「是啊！最糟的是巫佳佳帶著巫術箱不知去向。」吉奧擔憂的說。

「不要太悲觀啦！她只是想幫掐拉蘇的忙，沒想到幫了倒忙而已。」胖酷伊說。

「最好是如此。」多米說：「就擔心她會變成一個非常可怕的小女巫。因為她有一個神奇巫術箱。」

「天哪！這些可怕的後果我怎麼都沒有想到呢？」優瑪又開始慌亂的抓起頭髮。

「我們先找到她再說，找到才可以安心。」吉奧說。

「但是，她會去哪裡呢？」瓦歷說。

吉奧忽然大叫起來：「糟了，糟了，我得躲一下，躲哪裡呢？」吉奧慌張的鑽進路旁的草叢裡躲了起來。

優瑪看見吉奧的父親氣沖沖的迎面而來。

「有沒有看見吉奧？這個臭小子真氣死我了，如果他乖乖的待在家裡幫忙除草，也不會發生今天這樣的事。」吉奧的父親一張臉氣得紅通通。

「發生什麼事了？」優瑪問。

「剛剛我一個人在田裡忙得要死，一邊除草一邊抱怨吉奧老是往外跑，家裡的事都不幫忙。結果一個叫巫佳佳的木頭姑娘說她可以幫我的忙，叫了幾聲吉奧的名字，接著就從她的的巫術箱裡拉出三個吉奧，說這三個吉奧可以幫我耕田除草。家裡突然蹦出三個吉奧，差點把我們嚇死！」

優瑪、瓦歷、多米、胖酷伊，還有躲在草叢裡的吉奧，全都嚇呆了！巫術箱居然連人都可以變出來！

「我真正的吉奧跑哪兒去了？多可怕呀！我居然有四個吉奧！」吉奧的父親瘋了似的說：「吉奧的媽媽現在可煩惱了，四個吉奧會吃光倉庫裡貯存的小米和肉乾哪！」

吉奧的父親急匆匆的離開，走沒幾步又回過頭來：「你們真的沒見到吉奧嗎？他不是每天都跟你們在一起嗎？他是副頭目耶！」

沒有人回答他的問話，因為還沒有人從驚嚇中回過神來。

吉奧從草叢裡鑽了出來，望著父親離去的背影，嚇得說不出話來。

「三天七十二個小時後，其他三個吉奧就會消失了，別擔心。」多米開口試圖安慰吉奧。

「但是這三天會有多可怕呀！連誰是真正的吉奧可能都分不出來。」瓦歷說。

「我真不敢想像，如果有四個多米，或每個人都有好幾個複製人，那世界會變成什麼樣子啊！」多米拍著額頭，一副受不了的樣子。

「我就說嘛！巫佳佳只是想幫別人的忙。但是，光是這點雞婆性格，就已經夠可怕的了。」胖酷伊說。

「我們趕快分頭去找，找到之後一定要請她暫時不要使用巫術箱，然後把她帶到我家來。」優瑪交代著。

「希望她沒有闖下無法收拾的大禍！」吉奧說。

「得趕緊在巫佳佳還沒有認識更多東西之前找到她。」優瑪說。

一顆沉重的大石頭壓在優瑪胸口，她開始覺得有點呼吸困難了！

忙碌的巫佳佳

一大早就離家出走的巫佳佳，實在不明白掐拉蘇為什麼生這麼大的氣。她幫她很多的忙，變出很多的東西讓她可以過更好的日子，掐拉蘇居然吼叫著叫她住手！巫佳佳好傷心，她究竟做錯了什麼呢？當她送給巴那和雅羅一人一輛腳踏車的時候，他們高興得都跳起舞來呢！她送給多米媽媽兩把菜刀、一把鋤頭和一個竹籮筐。所有遇見的人，她都幫了他們一些忙。他們看起來都很歡喜呀！為什麼就只有掐拉蘇會這麼生氣呢？

掐拉蘇生氣的叫她離開。她想了想，當一個幫助別人的人比當一個惹人厭的小女巫好多了，於是她就離開了。她決定要幫助每一個卡嘟里族人，這

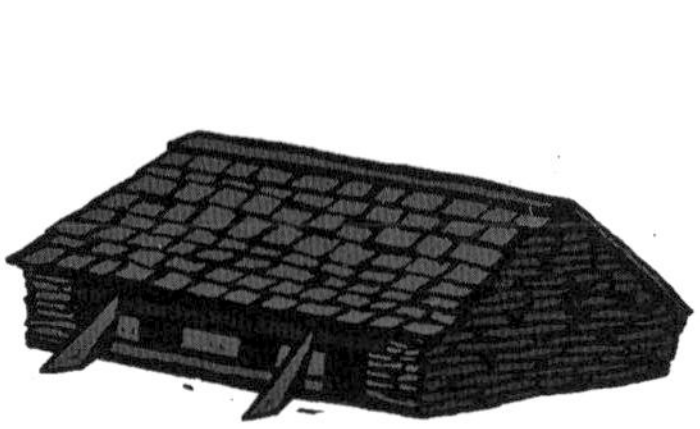

樣也算是幫優瑪的忙吧！

黎明前的一場雨，逼得帕克里早早起床，爬上屋頂修理漏水的地方。早該修理了，卻總是一天拖過一天。他不願意承認放任屋頂漏水這麼久，是因為藏在心底深處那個小小的心願：希望有一天藤蔓能回家動手修理這破屋頂。藤蔓答應過的事，一定會做到。但是，今天不能再等了，漏水的屋頂再不修理，雨季來臨的時候，屋裡就要變成湖泊了。

帕克里小心的搬走造成漏水的碎裂石板，然後鋪上新的。他時而放下工作，望著遠山，望著部落，然後嘴角悄悄的上揚，臉上掛著一種心滿意足的笑意，站在屋頂上遙望卡嘟里山，發現它真是一座美麗的山！

「嘿，老人家。」

帕克里聽到有人呼叫，探頭一望，看見巫佳佳，他嚇了一跳，險些從屋頂上跌下來！這是誰呀？是個木頭人，肯定又是優瑪弄出來的。她什麼時候又變出這個木頭人來？優瑪這個奇怪的小女孩，就是有本事弄出這麼多奇怪卻又有趣的事出來。

「你在屋頂上做什麼呢？」巫佳佳問。

「屋頂破了個洞，下雨就漏水，我在換新石板。」

「換好了嗎？」

「還沒，石板不夠，我得去採些石板回來才行。」

「去哪兒採？」

「山裡。」

「你不用去了，我可以幫你。」

帕克里笑了。「你怎麼幫我呀？你幫我去採石板嗎？」

「不是，我可以用這個巫術箱變很多給你。你看好喔！」

巫佳佳在帕克里驚訝的目光中，從巫術箱裡拿出一塊鐵灰色的頁岩石，遞給帕克里。帕克里小心的走到屋頂邊緣接過石板，掂掂重量、左看右看前看後看，跟真的石板一模一樣！帕克里覺得太不可思議了。巫佳佳見帕克里一臉驚奇的神情，於是變出小山一般高的石板堆放在帕克里家屋旁空地上，然後拋下目瞪口呆的帕克里離開了。

巫佳佳腳步輕盈的漫步在山徑上，幫帕克里增添了石板，她的心情愉快極了，原來幫助別人是這樣快樂的事。她不明白為何掐拉蘇要這麼生氣，她幫了她這麼多忙，給了她這麼多需要的東西，她居然這麼生氣！為什麼呢？巫佳佳就是不明白。

「現在該做什麼呢？誰還需要幫忙呢？咦，那是什麼東西？」巫佳佳自言自語著。

巫佳佳眼前出現兩頂綠色帳棚，她從來沒見過這樣的東西，帳棚前還擺著一張桌子和幾張小凳子。她好奇的走到帳棚旁邊，羅南剛好從帳棚裡鑽了出來，兩個人同時嚇了一跳，差點撞在一起。

「嚇死我了！」羅南拍著胸口安撫自己。

羅薇聽到聲音也鑽出帳棚。

「是巫佳佳！你來找我們嗎？」

「不是，我剛好經過。」

羅里夫婦也鑽出帳棚，羅薇拉起巫佳佳的手走到羅里夫婦面前。

「爸爸、媽媽，她就是我跟你們講過擁有神奇巫術箱的小女巫巫佳佳。我真的沒騙你們。巫佳佳，你快變魔術給他們看。」羅薇興奮的說。

「你們需要什麼呢？」巫佳佳問。

「隨便什麼都好。」羅薇說。

羅里夫婦對望了一眼，嘴角浮現一絲詭異的笑容。

「這麼神奇的事，為什麼電視台從來沒有人來拍攝呢？」費娜驚喜的說。

「我們下山之後一定要跟電視台說說這件事。」

「是我們發現的，我們也可以一起上電視。」羅南說。

「歡迎來到我們的小天地，讓我們招待你一杯茶水吧！」羅里笑容滿面的說，並用眼神暗示費娜去準備。費娜鑽進帳棚拿出茶葉和茶壺，開始煮起水來。

「你們太客氣了，我是木頭人，根本不需要喝水。」巫佳佳說。

「你看過檜木精靈嗎？木頭人。」羅薇問。

「沒有，我沒有見過檜木精靈。」巫佳佳說：「雖然我是木頭人，但是我有名字，我叫巫佳佳。」

「巫佳佳。那真可惜，如果你看過，就可以變一個出來讓我們每天許願。」羅薇說。

「你的巫術箱可以變出錢來嗎？」羅南問。

「錢？錢是什麼東西？」巫佳佳問。

羅南從口袋裡掏出一些紙鈔和硬幣說：「這就是錢哪！」

「錢可以做什麼用呢？」巫佳佳問。

「錢可以用來買東西、買玩具和買食物。」羅南說。

「噢，但是，卡嘟里部落裡什麼都有，他們習慣用交換的，不太需要錢。」巫佳佳說。

「錢對住在城市裡的人很重要。沒有錢就會餓死。」羅南說。

「卡嘟里部落裡的人都自己種東西吃，不會餓死。」巫佳佳說。

「我們並不是卡嘟里部落的人，我們沒有錢就會餓死。」羅南不耐煩的說，他覺得巫佳佳這個木頭人有點笨。

「錢可以換到任何東西。」羅薇補了一句。

「你們要我變一些錢給你們嗎？要多少我都可以變給你們。」巫佳佳眼睛亮了起來，她覺得自己又可以幫助人了。

「當然好哇！變愈多愈好。」羅南開心的拍起手來。

羅里看看兩個孩子，遲疑了一下，故意裝出嚴肅的表情說：「但是，錢這個東西，必須努力工作去賺取才可以，不可以用變的，這樣不勞而獲是不行的。」

羅南失望的嘆了一口氣。

巫佳佳也有點失望：「還有什麼我可以幫你們的嗎？」

「你可以變一些卡里卡里樹花給我們嗎？」費娜問。

「你要卡里卡里樹花做什麼呢？」

「我們可以用來提煉世界上最棒的香水。」費娜一臉陶醉的說。

「香水是什麼東西？」巫佳佳問。

費娜從口袋裡拿出一罐大拇指一般大的玻璃瓶，打開瓶蓋，拉起巫佳佳的手，滴了一滴在她的手背上。

「你聞一下，這就是香水的味道。」費娜說。

巫佳佳聞了一下，結果卻打了一個大噴嚏：「哈啾！這是什麼味道？」

「這是茉莉香水。你拿遠一點聞，會有一種很悠遠、像戀愛感覺的幸福味道。」費娜說。

巫佳佳將手放在胸前的位置晃動一下，立即露出驚喜表情：「好好聞的味道！」

「這是茉莉花的香味。我們現在要將卡里卡里樹花提煉成這樣的液體香水。」費娜說。

「這沒問題！你要多少都可以。」巫佳佳說：「但是我得先看看卡里卡里樹花的樣子才行。」

費娜再度鑽回帳棚，拿出一個玻璃瓶，瓶子裡裝滿了卡里卡里樹花。她挑選了一朵花瓣還算新鮮完整的花交給巫佳佳，巫佳佳專注的看了幾眼後，閉起眼睛嘴裡唸唸有詞，接著睜開眼睛，打開巫術箱，不斷的倒出卡里卡里樹花，直到花朵堆得像小山一般高為止。

「夠不夠？還可以更多。」巫佳佳問。

「夠多了。如果我們還需要，可不可以再麻煩你？」費娜說。

「沒問題。」巫佳佳爽快的回答。

「我們可以開始工作了。」費娜捲起袖子，一副就要幹活兒的樣子。

「那我要走了。」巫佳佳一臉滿足的告辭了。

「你等我一下，我送你。」羅里和費娜交換了一個詭異的眼神後，跟著巫佳佳離開了帳棚區。

兩人在森林裡步行了一公里的山路，穿越一片楓樹林，楓葉紅豔豔的，映照得兩人的臉龐也一片通紅。

「我還有一點小事要請你幫忙。」羅里望了望四周後小聲的說。

「好哇！有什麼事需要幫忙，請儘管說。」巫佳佳滿心期待的等著羅里開口。

「你可不可以幫我變一些錢出來？」羅里不太好意思的說出自己的要求。

「錢？剛剛你不是說……」巫佳佳問。

「剛剛那裡沒地方放你變出來的東西，我現在帶你去一個地方，那裡就沒問題了。」羅里說。

「那當然沒問題啦！」巫佳佳爽朗的說。

兩個人並肩往前走了半公里遠的路，羅里在一塊平坦的草地上停下腳步，四處觀察地形，發現不遠處有一個三個籮筐那麼大的坑洞，滿意的露出微笑。

「就在這裡，這裡是個好地方。」羅里說：「用錢把那個坑洞填滿吧！」

巫佳佳踏著輕快的步伐離開了楓樹林，幫助人讓她感到快樂。

夏雨戴著一頂破斗笠、背著背包正準備下山，他用來拍攝動物的紅外線體溫偵測照相機的底片用完了，他得下山去買。夏雨一臉憂愁的走在山徑上，在山上生活久了也慣了，他並不喜歡下山，山下的嘈雜和快速飛馳的汽車，讓他感到緊張與不安。這回可得多買些回來，免得三天兩頭就往山下跑，真是累死人了。

巫佳佳經過天神的禮物平台時，與夏雨擦身而過，兩個人同時轉身看對方。夏雨充滿好奇的望著巫佳佳，這個木頭人的雕刻手法像極了優瑪的風格，應該是優瑪的創作。但是為什麼優瑪的木雕都可以活過來呢？真是太神奇了。

「你好！你是優瑪的朋友嗎？」夏雨客氣的打招呼。

「你也是優瑪的好朋友嗎？」巫佳佳歪著頭問夏雨。

「是啊！是啊！」夏雨紅著臉說。

「我是巫佳佳，本來是掐拉蘇的小女巫，現在已經不是了，掐拉蘇不喜歡我。」巫佳佳神情黯然的說。

夏雨想起來了。不久前曾經聽優瑪說要幫掐拉蘇找女巫傳人，原來優瑪處理的方式就是自己創造一個小女巫出來。想到這裡，夏雨笑了起來，這個小頭目真是太有趣了，胖酷伊已經夠神奇了，現在又多了一個巫佳佳。卡嘟里部落真是個有意思的地方。

「既然你是優瑪的好朋友，有什麼事需要我幫忙的儘管說。」巫佳佳爽快的說。

「你可以幫我什麼忙呢？」夏雨笑著說。

「只要你說你缺什麼東西，而我又看過，我就可以變出來給你。」巫佳佳說。

掐拉蘇是個祈福、驅邪、卜卦、治病的巫師，怎麼可能教出會變魔法的弟子？夏雨覺得這件事真是愈來愈好玩了。

「好，那你變一台照相機給我。」夏雨說

「照相機是什麼？要我看過的東西才變得出來。」巫佳佳說。

夏雨手邊並沒有照相機，他思索了兩秒後，摘下頭上的破斗笠遞給巫佳佳：「不然你變一頂斗笠出來。這就是斗笠，用竹葉編成的。這頂已經破了，請你變一頂新的給我。」

巫佳佳接過斗笠，翻過來翻過去看了一會兒後，說：「沒問題，我就變一頂漂亮的斗笠給你。」

巫佳佳對著巫術箱喃喃自語一番後，打開巫術箱，拉出一頂嶄新的斗笠：「給你。」

夏雨驚訝得不得了！要不是他親眼所見，就算別人說破嘴他也不會相信。

「掐拉蘇教你的嗎？」夏雨問。

「不是。這是優瑪送我的巫術箱。」巫佳佳很寶貝的把巫術箱摟在胸前。

夏雨從口袋裡拿出一卷底片，想請巫佳佳變出這種牌子的底片，這樣就不用下山買了。但是夏雨又覺得這樣不勞而獲實在不應該，一番掙扎之後，他把底片放回口袋，還是決定下山去了。

告別夏雨，巫佳佳遇見獵人阿通。

「我的鳥籠不夠多，你幫我變幾個出來。」阿通指著手上的竹編鳥籠說。

「你要幾個都行。」巫佳佳說。

經過優瑪家，巫佳佳看見以前奶奶坐在屋簷下編著月桃簍。她便送給以前奶奶一大捆的月桃梗。

接著，她遇到了吉奧的父親，還幫他變出三個吉奧呢！

此刻，她只想一個人清靜一下。她走下卡里溪橋，躺在大石頭上，聽著潺潺的溪流聲，覺得當一個可以聽見風聲、水聲、鳥鳴的木頭人，真是一件幸福的事。

9 沙書優的下落

霧一波一波的從山谷湧上來，卡嘟里部落很快就沉浸在濃霧裡，沒多久霧悄悄散去，沒一會兒又重新聚攏。

優瑪、吉奧、多米和瓦歷幾個人來到卡里溪橋。

「巫佳佳會去哪裡呀？」優瑪說。

「不會下山跑到城市了吧！」瓦歷說。

「不可能啦！城市這麼遠，她找不到路的。」多米說：「而且霧這麼濃。」

「怎麼會找不到路？卡嘟里山只有一條路蜿蜿蜒蜒的通往山下，沿著那條路一直走，五天就走到了。」吉奧說。

「她不會走遠的，應該還在卡嘟里山區。」優瑪說。

「依我個人的經驗來分析，我們這樣的木頭人只要離開森林，就會覺得不安和害怕，所以她不會走遠的。」胖酷伊說。

躺在橋下石頭上聽水聲的巫佳佳，聽見有人叫她的名字，便從橋下鑽出頭來：「你們在找我嗎？」

幾個人全都嚇了一大跳！

「巫佳佳，你躲在橋底下做什麼呀！」優瑪叫了起來。

「我沒有躲在下面哪！我只是在橋下聽溪流的聲音。」巫佳佳說。

「巫佳佳，這幾天你到底做了些什麼事？」吉奧問。

「我做了什麼事？」巫佳佳的雙眼閃亮了起來：「我做了很多事呢！我幫掐拉蘇增添了很多她需要的物品；也幫你父親一個大忙；還有，我幫羅里一家人變出小山一般高的錢……」

「什麼？」所有的人瞬間驚嚇到目瞪口呆！

「天……天……天哪！」優瑪雙手插進頭髮裡，無法相信自己聽見的。

「天哪！無法想像，他們把這些錢帶到城市去，會發生什麼可怕的事。」

多米也叫了出來。

「你還做了什麼？巫佳佳，一件一件都告訴我們吧！」優瑪語帶懇求的說。

「優瑪，我還用葫蘆重新占卜，我知道你父親沙書優的下落了。」巫佳佳表情認真的說。

優瑪原來煩躁的目光頓時換上希望的神采，她急切的問：「真的嗎？你真的算出我父親此刻在哪裡？」

「是啊！我占卜了三次，得到的結果是相同的。」巫佳佳說。

「優瑪，你沒聽掐拉蘇說嗎？她還沒完全學會占卜的巫術！」多米大聲提醒優瑪。

吉奧半信半疑的看著巫佳佳問：「那麼，沙書優現在在哪裡呢？」

「他在前往烏達卡拉部落的山路上，一處用竹子搭蓋的工寮裡，現在正在喝茶。」巫佳佳說。

「這是什麼跟什麼呀！沙書優頭目會跑去山上的工寮喝茶而不回卡嘟里部落？你真是太不了解沙書優頭目了。」多米說。

「所有認識沙書優的人，都不會相信的。」瓦歷說。

優瑪望著巫佳佳，雖然對她的占卜結果抱持著高度的懷疑，但是，萬一是真的呢？任何一種揣測都有可能是真的，不是嗎？何況她的確和沙書優去過那個工寮，那個地方距離部落大約兩個小時路程，距離烏達卡拉部落就需要走上三五天。

「這是葫蘆占卜的結果，並不是我說的。」巫佳佳一臉委屈的說，她一心只想幫忙啊！

「優瑪，你不會相信她說的話吧？」吉奧說道。

「是真的，我看到工寮的地上有一個很大的太陽圖案。」巫佳佳說。

優瑪眼睛裡的一絲懷疑瞬間煙消雲散，換上百分之百的信任，她興奮的說：「真的，那是沙書優留下的圖案，他總是習慣那樣做。巫佳佳，我信，我相信你。」

「優瑪，我們是不是得先阻止羅里一家人帶著小山一般高的錢下山呢？」吉奧問。

「那些錢帶不下山的，下山要五天，半路錢就會消失。」瓦歷說。

「你忘啦，他們開車來的，開車下山一天就夠了。」多米說。

「該怎麼阻止呢？也許他們已經連夜載著錢逃走了！」優瑪說。

「我們擋在他們的車子前面，他們總不敢從我們身上輾過吧！」瓦歷說。

「聽說，城市人會為了錢而殺人耶！」多米說：「我們還是不要冒險。反正那些錢三天後就會消失了。」

「三天已經夠他們買下整個城市了，反正到時候錢是在別人的口袋裡消失的。」吉奧說。

「這麼多事真是煩死人了！」優瑪又把頭髮抓得一團亂。

「他們並沒有帶著錢逃走哇！他們把錢藏起來了。」巫佳佳說。

「藏在哪裡？」瓦歷問。

「我不知道。他把我帶到森林裡，旁邊有一片草地，草地上有一個大坑洞，他叫我用錢把坑洞填滿，然後用一張很大的綠色的布蓋著，然後請我離開，我就走啦！」巫佳佳說。

「那裡是哪裡，你可不可以說清楚一些？例如，旁邊有些什麼樹、什麼岩石或山洞之類的？」優瑪問。

「不記得，繞來繞去的，我出了森林就忘了。」巫佳佳搔著後腦勺懊惱的說：「我只記得是在一片紅色的森林附近。」

「是楓樹林。」所有人異口同聲叫了出來。

「如果他沒把錢帶出森林，就暫時沒事。」吉奧說。

「吉奧，看來你得先處理那三個一模一樣的人。」瓦歷看著卡里溪橋對岸一臉驚奇的說。

所有人的目光往對岸望去，正好看見三個一模一樣的吉奧跑過卡里溪橋來到他們面前。

「噢！天哪，我快要暈倒了！」吉奧發出恐怖的叫聲。

「這下好玩了！」多米也叫出聲來。

「你們應該待在家裡，不可以這樣到處亂跑。」吉奧對著三個吉奧吼著。

「為什麼你可以到處亂跑，我們就不可以呢？」其中一個吉奧不服氣的說。

「我是真的你們是假的。」吉奧生氣的說。

「什麼真的假的？我就是吉奧哇！」三個吉奧同時說。

四個吉奧讓在場的每個人看得眼花撩亂！

「吉奧你在哪裡？」優瑪看得急了，她想弄清楚誰才是真的吉奧。

「我在這兒啊！」四個吉奧異口同聲的回答。

「天哪！我就要精神分裂了！」多米說。

「巫佳佳，你可以把他們變回去嗎？」優瑪問。

巫佳佳一臉抱歉的說：「很抱歉！我只知道變出來，不知道怎麼收回去。」

瓦歷的眼睛機靈的在四個吉奧臉上掃來掃去：「優瑪，你看，一下子多了三個幫手，我們一起去把羅里藏起來的錢找出來。」

「希望多出來的這三個吉奧有用。」多米說。

「我們先去巫佳佳說的那個工寮找沙書優。我和他去過那裡。明天再去把羅里的錢找出來。」

優瑪率先離開卡里溪橋朝叢林走去，其他人也只好一路跟隨。

「我們最好走快一點，否則趕不及天黑之前回家。」吉奧說。

前往那個竹林小工寮必須爬過一個小山頭，再穿越一片竹林。大家對這條路並不陌生，但是路程遙遠，每個人不知不覺的自動加快了步伐。

來到竹林小工寮，什麼也沒有，那只是一個不堪風吹雨打，因日曬而腐朽倒塌的破工寮，優瑪等人掀開工寮的屋頂，檢查泥地，根本沒看見什麼太陽圖案。

「我就說嘛！」多米瞄了一眼巫佳佳說。

巫佳佳一臉無辜的為自己辯駁：「占卜結果是這樣的嘛！我怎麼知道會這樣。」

「也許是別的工寮，我們去附近看看。」優瑪說。

優瑪等人小心翼翼的走下一段陡坡，那坡陡到所有人幾乎是滾下去的。多米拿掉頭上的樹枝，滿口抱怨：「我居然為了一個半吊子女巫的占卜結果，差一點摔死在這裡。」

他們來到另一處工寮，一番搜尋也沒有發現沙書優曾經停留的線索。橘紅的天空飛過一隻老鷹，尖銳的叫聲劃過天際。

優瑪難掩失望。

「回家吧，天就要黑了。」優瑪說。

夜已經拉下灰色的簾幕，卡嘟里部落每戶人家廚房的煙囪都冒出了炊煙。優瑪、胖酷伊和巫佳佳走進庭院，直接進入廚房。以前奶奶在爐子上生起了旺盛的火，旁邊則豎著幾根竹筒，裡面飄出小米飯的香氣。

優瑪坐在火堆旁，伸出兩手取暖。胖酷伊和巫佳佳坐在一旁，胖酷伊學優瑪，也伸出胖瘦不一的雙手取暖。

「你不要太靠近火，不然一不小心就會變成燒焦胖酷伊。」優瑪提醒著。

「等一會兒就開飯了，我知道你最愛吃小米豬肉飯了。」以前奶奶邊翻轉竹筒飯邊說。

「姨婆，你有沒有錢？」優瑪問。

以前奶奶抬起頭來，用很驚訝的表情看著優瑪：「錢？你要錢做什麼？山裡有山豬、野菜，還有苧麻可以做衣服，溪裡有魚有蝦有螃蟹，田裡也有小米、芋頭和地瓜，我們什麼都不缺呀！」

「不是，我沒有要錢，我只是想知道你有沒有錢。」

「我以前有一點點，但是後來被老鼠咬爛了。」

「噢！」

「在卡嘟里森林有錢都沒有用，需要什麼東西，我們就拿小米到山底下去跟人家換。我們需要的東西不多呀！」

「巫佳佳從巫術箱裡變出小山一般高的錢給羅里一家人。」優瑪憂慮的說：「如果他們帶著這些錢下山，那山底下的世界就會大亂。」

以前奶奶露出恍然大悟的表情。

「雖然那些錢三天後就會不見，」優瑪說：「但是，如果他們利用這三天花光所有的錢，那還是很糟糕！總是會有無辜的人被騙，我們也有責任，因為錢是從我們這兒流出去的。」

「卡嘟里族人不會是騙子的。」以前奶奶說。

「你剛剛說什麼？從巫術箱變出來的東西三天就會消失？」巫佳佳一臉震驚的問。

「是啊！所以拜託你，不要再從巫術箱變出錢給任何人，那會惹麻煩的。聽明白了嗎？」優瑪加重語氣說著。

「噢，難怪掐拉蘇會這麼生氣！」巫佳佳恍然大悟。

「該怎麼辦呢？姨婆。」優瑪真是煩惱極了。

「該怎麼辦？」以前奶奶也一副很煩惱的樣子：「唉，以前從來沒有發生過這樣的事。」

以前奶奶用鐵夾夾出竹筒，再用刀子劈開，小米與排骨的香氣立即散發出來：「先吃飯吧！」

優瑪轉頭望著胖酷伊，用充滿羨慕的口氣說：「如果我們都是木頭人就好了，沒有煩惱。胖酷伊，你有煩惱嗎？」

「木頭人有什麼好？我們怕火又怕蛀蟲和鋸子，生命處處充滿了危險。」胖酷伊說：「我也有我的煩惱。」

「你有什麼煩惱？」優瑪笑著問，並開始吃起小米：「嗯，真的好好吃！」

「我也說不出來，我好像有一件事情要去做，卻模糊到完全不記得有這件事。我覺得很煩惱。」胖酷伊說。

「是什麼事你應該做卻不記得？」優瑪問。

「我都說我不記得了嘛！」胖酷伊生氣的說。

「你幹麼為了不記得的事煩惱呢？」優瑪再問。

「就是不知道是什麼事才煩惱哇！」胖酷伊說。

炭火嗶嗶剝剝的爆出聲響，彷彿也加入這場小小的辯論，正慷慨激昂的發表它的看法。

優瑪吃過晚餐之後，進入雕刻室雕刻。

胖酷伊和巫佳佳則坐在庭院的木頭堆上看星星。

巫佳佳若有所思的望著天空，說：「我覺得優瑪不喜歡我，她比較喜歡你。」

胖酷伊試著安慰巫佳佳，但是他想不到更好的話，心一急便說：「這是命中註定。哎呀，不是，我是說……唉，我在說什麼呀！」

巫佳佳苦笑。

「事情不是你想的那樣。」胖酷伊補充了一句。

「我會讓優瑪喜歡我的。」巫佳佳說。

「一定會的。有一天，優瑪會發現，有了巫佳佳，誰還需要檜木精靈呢！」胖酷伊說。

10 誰送出了第十八號願望？

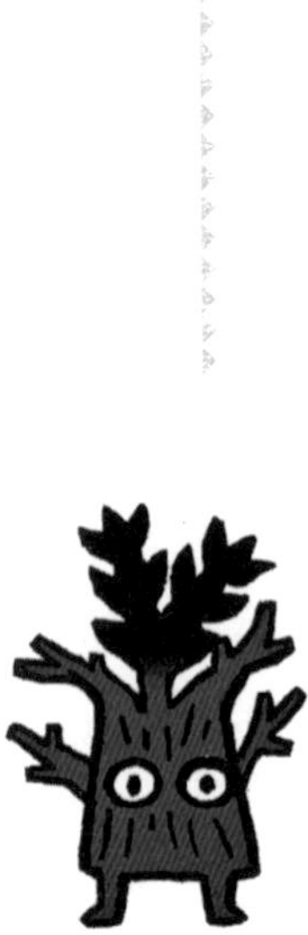

上午，太陽剛剛跳出山頭，在卡嘟里森林，三個卡嘟里部落的年輕獵人和三隻黑狗在森林裡追逐一隻大山豬。獵人、山豬和狗的呼叫聲、喘息聲及吠叫聲，讓寧靜的森林充斥著既嘈雜又緊張的氣氛。

這可是傳說中的黑精靈啊！

瞧！牠的體型比一般山豬整整大上一倍！

三個獵人精神振奮，追逐得更起勁了。多少矯健的獵人接連幾年上山尋找黑精靈，但是，就算摸到牠的尾巴又如何，牠總是能順利的在一群獵人和獵狗的追捕中逃脫，讓獵人帶著一肚子的挫敗下山。

瞧！黑精靈距離我們有多近哪！

你聞到牠的氣味沒有？那股腥臭味是戰鬥的氣味！

黑精靈向我們宣戰了！

快呀！快呀！從右側包抄。

聰明的黑精靈往斜坡衝下去了！獵狗們！快快衝下去攔住黑精靈的路。

三隻黑狗迅速的衝到斜坡前，及時攔住了黑精靈，敏捷的沿著斜坡奔跑，掌控了黑精靈奔逃的路線。

幹得好！好狗兒！

山豬、獵人和狗持續在枯枝落葉鋪成的地面上追逐，捲起的落葉高高揚起又落下、揚起又落下，樹上啄食蟲子的鳥兒驚嚇得群起飛離，另覓安靜的地方享受午後的寧靜。

檜木精靈躺在一棵高大檜木的樹杈上打盹兒。不久前，他經過這裡的時候，看見這棵檜木樹頂的樹杈枝幹比例相當漂亮，於是彈跳上去瞧瞧。果然，樹杈形成一個略微凹陷像鳥巢一般的大凹槽，凹槽裡堆滿了枯葉，躺在上頭既乾爽又舒適。

樹底下的追逐聲驚擾了檜木精靈的清夢，他探頭一看，只見一團黑色的大山豬，以火球一般的速度，飛竄在樹林間，後面緊跟著三隻狗和三個獵人。忽然他聽見一個年輕的卡嘟里族獵人大聲許願：「不要讓黑精靈溜了！」

檜木精靈不得不站起身，對著樹下的獵人說：「算你運氣好，卡嘟里森林已經有六年沒有送出森林願望了。」檜木精靈合起雙手，指尖朝著地面說了一句：「卡嘟里卡嘟里第十九號願望，砰！『黑精靈，不要再跑了。』」檜木精靈從指尖射出金黃色的光芒，打在黑精靈身上，黑精靈一陣錯愕，立刻緊急煞車，一臉傻乎乎的等著獵人到來。追上來的三隻狗來不及煞車，硬生生的撞上黑精靈，痛苦的哀鳴著。

三個獵人氣喘吁吁的趕到，對凶猛的黑精靈竟然停下來等他們感到不可思議，紛紛放下高高舉起準備射出的鋒利長矛。

「這豬怎麼了？」

「牠肯定跑累了，不想跑了。」

「不對，你看牠的眼睛，空空洞洞的，好像變呆了。」

「這是怎麼回事啊！上一秒鐘還那麼勇猛！」

「黑精靈可能是中邪了。」

「我們不能要一隻中邪的黑精靈。」

「是啊！不能帶一隻中邪的黑精靈回家，有辱獵人精神。」

「走吧！黑精靈，等你哪天清醒了，我們再來一場公平的戰鬥。」

獵人阿莫朝著黑精靈的屁股踹了一腳，黑精靈一臉莫名其妙的看看這三個獵人後，踩著優雅又緩慢的步伐消失在獵人的視線裡。

「真累死我了！回家吧！白忙一場了。」

三個獵人和三隻受傷的狗拖著疲倦的身體下山去了。

森林恢復寧靜，檜木精靈躺回去準備繼續打盹兒，忽然想起什麼，猛地坐起身來，一對大眼睛充滿疑惑的眨呀眨：「我剛剛說的是卡嘟里卡嘟里第十九號願望嗎？怎麼會是第十九號願望呢？應該是第十八號才對呀！我不會說錯的，我剛剛說的的確是第十九號，可是，是誰送出了第十八號願望？」

檜木精靈慌張的蹦跳起來，他彈跳了幾下之後，化身為一顆金黃色的球體，在樹幹間迅速彈跳，往檜木霧林的方向飛去！

金黃色的球來到一棵需要二十人環抱的巨大檜木前，樹幹忽然開啟了一扇門，金黃色的球迅速閃進樹洞裡，門重新關上，外觀立即恢復成一般樹幹的模樣，完全看不出來樹幹裡別有洞天。

金黃色的球進入樹洞之後，馬上變化成樹形小矮人的樣子，他開口就問：「是誰送出了第十八號願望？」

不是我。

我沒有。

一、二、三，我們都在呀！

難道是失蹤的精靈回到森林裡了？

回來怎麼不回家？

找不到路回家嗎？

不可能！

那為什麼？

不知道。

願望真的是三號精靈送出去的嗎？

不敢確定。

森林裡有其他力量存在嗎？

不可能！

三號精靈到底去了哪裡？為什麼感覺不到他呢？

會不會被綁架了？

綁架檜木精靈？幾千年來也沒發生過這樣的事。

他已經失蹤六年了，究竟跑哪兒去了呢？

是啊！檜木精靈除了森林之外還能去哪裡？

卡里溪橋頭。

優瑪和副頭目們被幾個族人團團圍住，七嘴八舌的訴說自己遇見的倒楣事，巫佳佳趁亂偷偷溜到橋底下躲藏。

「我呀！高高舉起鋤頭，用力鋤下去，嘿，鋤頭居然不見了，我就這樣摔下去，你看下巴都腫了。」

「我切山豬肉的時候，切到一半菜刀不見了，我的手指頭就撞上切菜板，把我痛得要死！」

「巫佳佳用的是什麼邪門巫術，東西變出來又不見。」

「你看，連吉奧都有四個！多可怕的邪術。」

「卡嘟里部落未來該怎麼辦呢？」

「以後你們看見巫佳佳，離她遠一點，不知哪裡來的小怪物。」

「你們先聽我說，聽我說……」優瑪想解釋卻插不上嘴。

巴那和雅羅興奮的踩著腳踏車騎上卡里溪橋，正揮手和大家打招呼，兩輛腳踏車卻像被誰快速的從屁股底下抽走一般瞬間消失，巴那和雅羅重重的摔到橋上，唉叫連連的爬起身來，完全不知發生什麼事！

優瑪和副頭目們也趁著大家把注意力放在巴那和雅羅身上時，趕緊溜到橋底下。橋上的族人繼續罵個不停。

「這個可怕小女巫變出來的東西，趕快拿去丟掉，否則會倒大楣！」

「我們的腳踏車跑到哪裡去啦？」

「你們的腳踏車被魔鬼收回去了。」

「優瑪呢？去哪裡了？」

「是啊！怎麼可以就這樣溜掉呢？巫佳佳這件事要解決嘛！」

「優瑪小頭目這樣做太不應該了！」

橋上的聲音愈來愈遠，最後恢復寂靜，優瑪他們這才趕緊從橋下走出來。巫佳佳最後一個上來，她低著頭，不敢看任何人一眼。

「巫佳佳幾天前變出來的東西陸陸續續消失不見了。」吉奧說。

「巫佳佳應該變出三個優瑪，一個去處理部落的事情，一個去雕刻，另一個跟你們上山採花編花環。」優瑪誇張的說著。

巫佳佳歪頭看著優瑪，猜測她說的話是認真的還是隨便說說。

三個年輕獵人阿莫、威林和勁風一臉疲憊的往卡里溪橋走來，身後跟著三隻受傷的黑狗。

「他們……那模樣，不會也剛遭遇什麼跟巫佳佳有關的事吧？」優瑪一臉的苦笑。

「很有可能，你看那三隻狗，肯定也受到牽連。」多米說。

三個獵人走近，朝著優瑪熱情的打招呼。

「我們遇到黑精靈了，哇，牠的體型比一般山豬大一倍，動作卻靈敏得像松鼠一樣。」獵人阿莫比手畫腳激動的說著。

「眼看我們就要抓到牠了，牠突然緊急煞車，兩眼空洞的望著我們。」獵人威林說。

「牠怎麼了？」優瑪問。

「牠中邪了。」威林搶著說。阿莫在一旁用力點頭。

「那好哇！你們就逮到牠了，黑精靈呢？」瓦歷往四周張望著。

「抓中邪的黑精靈，我們勝之不武，卡嘟里部落的獵人不做這樣的事。我們寧願等牠清醒過來，在森林裡公平的來一場大決鬥。」勁風說。

「是啊！總有一天，我們會逮到黑精靈的。」獵人們下了結論。

黑精靈？胖酷伊眼睛一亮，心想：「敏捷的黑精靈？連最驍勇善戰的獵人都抓不到的大山豬？哈，好玩的事來了，我就不信這個世界上有我胖酷伊抓不到的山豬。」

獵人離開，三隻受傷的狗跛著傷腳，辛苦的跟在獵人身後走著。

「山豬也會中邪喔？」多米不以為然的說。

「牠也許活膩了。」瓦歷說。

「我知道那山豬怎麼了。」巫佳佳說。

「你不要再說了，你只要一開口我們就會倒大楣。」多米說。

「你怎麼會知道山豬怎麼了呢？」吉奧好奇的問。

「我剛剛在心裡占卜。」巫佳佳說。

「那你倒說說看，黑精靈怎麼了？」多米兩手交叉在胸前，一副「你能有什麼答案」的表情。

「黑精靈中邪了！」巫佳佳說。

瓦歷和多米同時大笑起來。

「哈哈哈，大家都知道山豬中邪啦！剛剛威林才說過。」多米說。

「牠中的不是一般的邪，有三分鐘的時間，牠失去所有的感覺，沒有害怕恐懼、也沒有歡笑喜悅，牠完全感覺不到自己。但是，牠現在已經沒事了。」巫佳佳表情認真的說。

「誰能證明你說的是真的呢？」多米說：「要在森林裡遇見黑精靈要有多大的運氣呀！」

巫佳佳沉默的低下頭。她心想：「是的，沒有人能證明我說的是真的，我會用行動來證明我巫佳佳已經是一個功力高強的小女巫了。」

「我要回家吃午飯了，希望可以吃到以前奶奶做的番薯餅，我需要一些食物壓壓驚。」優瑪說。

「壓驚？」巫佳佳不明白。

優瑪看著巫佳佳，理解她的不明白，她只是牽起巫佳佳的手：「沒事，回家吧！」

「胖酷伊呢？他怎麼不見人影了呢？」瓦歷在優瑪背後叫了起來。

「他應該是找黑精靈去了。」優瑪轉身對瓦歷、吉奧和多米說：「你們也趕快回家吃飯去吧！吉奧動作要更快，否則飯會給其他三個吉奧吃光光。」

吉奧好像突然醒過來，立刻拔腿狂奔。

11 真假黑精靈

胖酷伊就是知道黑精靈就在附近，他已經聞到牠的味道了。他喜歡森林裡的氣味，帶著青草香甜氣味的空氣，讓他感到心滿意足，只有待在森林裡，才是他最快樂的時光。

胖酷伊有絕佳的辨識能力，他的腦袋裡有個看不見的雷達，可以準確的偵測到山豬的位置。他甚至可以在漆黑的森林裡輕鬆自若的避開大樹，以及橫梗在山徑上的石塊和樹根，而不至於絆倒摔跤；他的雙眼可以在黑漆漆的樹林裡看見比黑夜還要黑的山豬。胖酷伊在一處矮樹叢前一百公尺的地方停下腳步，他盯著矮樹叢，銳利的目光似乎已經看透樹叢裡躲藏的祕密。

「黑精靈，我已經聞到你的氣味了！我知道你就在那裡，沒有一隻山豬可以逃出我胖酷伊的視線。」胖酷伊低聲的喃喃自語。

接著，胖酷伊聽到黑精靈藏身的矮樹叢裡傳來說話的聲音：「是嗎？那就來試試看哪！」

胖酷伊有點錯愕，但是，他很自然的回了話：「你是白費力氣而已！」兩句簡短的對話後，胖酷伊很訝異自己居然能和躲藏在樹叢裡的山豬黑精靈交談！為什麼他今天突然聽得懂黑精靈說的話？自己居然能使用一種從來沒聽過的語言和山豬交談，這到底是怎麼一回事呢？

就在胖酷伊因為詫異而愣住的那幾秒鐘，樹叢裡竄出一個黑影，像一陣旋風般，從胖酷伊面前呼嘯而過，將地上的落葉捲得半天高。胖酷伊不疾不徐的拍掉兩片掉在頭上的樹葉，臉上露出笑容。他望著黑精靈離開的方向，做出起跑的動作，接著像箭一般射了出去。

這枝會轉彎的箭很快找到降落的地點，胖酷伊不偏不倚的擋住黑精靈的去路。

「認輸吧！黑精靈。」胖酷伊用充滿自信的語氣說。

黑精靈並沒有慢下腳步，也沒有撞上胖酷伊，牠敏捷的繞過胖酷伊和一棵鐵杉，閃身的瞬間留下一句話：「這才剛開始不是嗎？你急什麼！木頭人。」

那一瞬間，胖酷伊看見黑精靈黑亮有神的眼睛裡有一絲笑意。

接下來，只見兩團黑色的風速球在卡嘟里南邊森林飛竄過來又狂飆過去，地上的落葉高高揚起、飄落，又重新被捲起，在空中一陣亂舞，再飄落。幾隻松鼠和躲藏在枯葉裡的昆蟲紛紛尋找安全的位置躲避。

一個小時後，黑精靈的速度變慢了，牠上氣不接下氣的用力喘氣，胖酷伊則仍然一派輕鬆的模樣，他望著黑精靈，等待牠的下一個動作。

黑精靈看起來疲憊極了，牠放棄奔跑，站在胖酷伊面前，大口喘著粗氣：「我無論如何都只是一隻山豬，而你卻是一個永遠精力充沛的木頭人。你說得對，我再跑也只是白費力氣而已。」

「你知道我抓一隻普通的山豬要花多少時間嗎？」胖酷伊問。

「不知道。」黑精靈搖頭。

「三十秒。」胖酷伊得意的說：「刁蠻一點的，十分鐘。」

黑精靈呼吸的聲音漸漸緩和下來。

「真不愧是黑精靈啊！居然花了我一個小時。」胖酷伊用極欣賞的語調說。

一隻條紋松鼠匆匆跑過胖酷伊和黑精靈面前，迅速爬上鐵杉樹幹，轉動小小頭顱，望著樹下的胖酷伊和黑精靈。

「那麼，你花多少時間抓一隻松鼠呢？」黑精靈仰著頭，望著鐵杉樹上的松鼠，隨口問著。

胖酷伊看著松鼠，眨了幾下眼睛，他多麼不願意回答這個問題，但是，黑精靈正等著答案。

「嗯……松鼠，咳。」胖酷伊輕輕的咳了幾聲，清了清喉嚨後說：「抓一隻松鼠，我得花一輩子的時間，但不一定抓得到。」胖酷伊艱難的吐出這幾句話。他剛剛從英雄的高處重重的摔下地面，變成一條小蚯蚓。

黑精靈把頭轉開，望了遠處森林一眼，彷彿在做最後的告別，牠語帶憂傷的說：「我認輸了，你可以帶我回部落去炫耀了。」

「我才不會把你帶走呢！沒有黑精靈的卡嘟里森林怎麼還能稱得上是森

林呢？黑精靈可是森林裡最美麗的傳說。」胖酷伊說。

「你花了這麼多時間和精力，原來只是想捉弄我？」黑精靈很不悅。

「不是。」胖酷伊急忙揮著手否認：「這是一場很正式也很嚴肅的競賽，我只是想挑戰最困難的。」

黑精靈看著胖酷伊，欲言又止。

「你不會有一天真的被獵人給逮住吧！」胖酷伊懷疑的問。

「哼，就算整個卡嘟里族的獵人都出動了，也休想動到我一根豬毛！」黑精靈以充滿傲氣的口吻說。

「這麼狂妄啊！」

「狂妄也得有本事才行。當然在你面前，我狂妄不起來。因為你並非人類，你是——」黑精靈頓了一下，深邃的眼睛彷彿看穿了胖酷伊的內在。

「我是什麼？」胖酷伊問。

「我不確定你是什麼，但你肯定不是人類。」

「哈，這是什麼答案？所有長著眼睛看得到我的動物和人，都知道我不是人類，我只是一塊折斷的檜木。」

「你不只是一個木頭人，你身上有一種我很熟悉的味道……」

「我可是頂級的檜木！你聞到的是檜木散發的自然芳香。」

「不是，是另一種我說不出的味道。這不是一種真正的味道，而是形容一種感覺。」黑精靈解釋著。

「我得走了，優瑪找不到我會著急的。」胖酷伊說：「我下次可以再來找你聊天嗎？」

「你知道在哪裡可以找到我。」黑精靈說。

「再見了。」胖酷伊往部落的方向走去。

「等一等，木頭人，我欠你一個人情，我會還你的。」黑精靈在胖酷伊背後說。

「我的名字叫胖酷伊，不叫木頭人。」胖酷伊頭也沒回的說了這句話後，踏著大步往部落的方向走去。

黑精靈望著胖酷伊的背影好一會兒才轉身朝森林深處走去。牠不斷想著：「他絕對不只是檜木而已！」但是，那奇怪的感覺從何而來呢？算了，卡嘟里森林裡什麼怪事都可能發生。

巫佳佳趁優瑪午睡的時候溜了出來，神情愉悅的走在山徑上，遠遠看見胖酷伊，趕緊閃到樹後躲藏，直到胖酷伊走遠，巫佳佳才走出來，剛轉身就和羅里夫婦撞了個滿懷。

「嘿，這麼巧在這裡遇見你。散步嗎？」費娜笑容滿面的說。

「是啊，走在森林裡每一秒鐘都有驚奇。」巫佳佳說。

「是嗎？今天遇到什麼驚奇呢？」羅里問。

「我見到傳說中的黑精靈了。」巫佳佳愉悅的回答。

「黑精靈？那是什麼呀？」羅里問。

「是一隻行動敏捷、神出鬼沒的大山豬，就連最厲害的獵人也抓不到牠。」巫佳佳說。「我看見牠了，牠和胖酷伊在森林裡賽跑。」

羅里的眉毛往上揚了揚，眼睛也瞬間亮起來。

「嘿，你不是想幫助人嗎？那就變出三百隻的黑精靈，讓牠不再神出鬼沒，而是讓每一個人都能看見並且獵捕牠。」羅里激動的說。

費娜不解的拉拉羅里的衣服，羅里朝費娜使了一個眼色。

「三百隻黑精靈？哇，這樣卡嘟里部落每個人都可以分配到一隻呢！」巫佳佳想到可以讓每個族人都擁有一隻黑精靈，就把優瑪耳提面命「不准再使用巫術箱」的警告忘得一乾二淨。

「是啊！他們一定會非常感激你的。」羅里添油加醋的說。

「謝謝你告訴我這麼好的點子，我立刻就去。」巫佳佳雀躍的踩著輕快的步伐走了。

羅里的「不用客氣！」還沒說出口，巫佳佳已經不見人影了。

費娜有點生氣的質問羅里：「你搞什麼鬼！三百頭大山豬，這森林不大亂嗎？」

「老婆，這是千載難逢的機會，我們趁他們每一個人都忙著應付黑精靈的時候，去把那兩棵卡里卡里樹挖走，然後帶著巫佳佳送我們的錢連夜下山。」羅里小聲的說。

「但是，聽說卡里卡里樹是很難伺候的樹……」費娜猶豫著。

「你忘啦！我們住的城市裡專家最多，植物專家會幫我們安撫卡里卡里樹，解決所有的難題。快，我們去準備準備，把那兩個小鬼也找來，別讓他們亂跑。」羅里說。

午後，從卡嘟里森林傳來一陣一陣轟隆隆的巨響，撼動著大地。

十幾隻黑精靈在森林裡到處奔竄，爭著吃樹上的嫩葉以及根莖植物。

十幾隻黑精靈跑下山進入部落，踩壞了部落裡的小米田、吃光了田裡的地瓜。

還有更多的黑精靈跑進部落裡，撞毀房舍、撞傷散步的人。

族人們躲在家裡鎖上門，一步也不敢出去。

凶悍的黑精靈追逐著來不及回家的族人，逼得他們不得不爬上屋頂和樹上避難。

羅里一家人正在收拾擺放在帳棚外的桌椅餐具，突然聽見「轟隆隆」巨響，接著就看見幾十隻黑精靈往營區衝過來，嚇得他們趕緊爬到樹上去。

費娜非常生氣的對著羅里破口大罵：「這就是你的好點子！」

羅里一臉委屈的說：「我沒想到會是這樣的結果呀！」

「這些大山豬是從哪裡來的？」羅南尖叫著。

「好可怕的森林喔！我們還是趕快回家好了。」羅薇說。

黑精靈踩壞了羅里一家帶入山的每一樣東西。

優瑪、以前奶奶、胖酷伊、巫佳佳和副頭目們躲在優瑪家的屋頂上。

「巫佳佳，你到底變出幾隻黑精靈？」胖酷伊問。

「三百隻。我覺得數量夠多才可以讓每個人都看到，或者每個人都可以擁有一隻。」巫佳佳提高音量強調著。

「你又沒見過黑精靈，你怎麼變的呢？」胖酷伊說。

「我看過呀！兩個小時之前，我看到一隻體型很大的山豬在森林裡練習速度，我問牠是不是黑精靈？牠說是，但是牠沒時間跟我講話，就飛也似的跑走了。」巫佳佳說。

胖酷伊心裡明白，那是黑精靈沒錯，那個時候他們正在森林裡奮戰呢！

「噢，天哪！三百隻！可憐的優瑪，可憐的卡嘟里部落！」多米仰望天空誇張的說。

瓦拉身後追著一隻黑精靈，他邊跑邊望著屋頂上的優瑪破口大罵：「搞什麼鬼呀！弄出這麼多山豬把我的小米田和菜園都踩壞了！」

「三天後黑精靈就會自動消失，只要忍耐三天就好！」優瑪說。

「再忍耐三天，卡嘟里部落就被這些豬給踏平啦！這些豬怎麼跑到部落來的？」瓦拉說。

優瑪尷尬得不知怎麼回答，她怒氣沖沖的瞪著巫佳佳，巫佳佳則委屈的低下頭。

以前奶奶安靜的蹲在一旁，看著黑精靈，自言自語的說著：「以前從來不會發生這樣的事啊！以前的豬，都待在森林裡。」

黑精靈離去後，優瑪等人紛紛下了屋頂。

優瑪非常生氣，她斬釘截鐵的對巫佳佳說：「巫佳佳，我必須收回你的巫術箱，你從此以後不再是小女巫了。」

巫佳佳將巫術箱緊緊的抱在胸前，用力的搖著頭說：「不，這是我的，不可以給你。」

「你已經闖了夠多的禍，我現在得一件一件去解決，我很累，你知道嗎？」優瑪懇求的說：「我拜託你，把巫術箱還給我，不要再惹事了，讓我喘口氣。」

「我只是想幫忙！」巫佳佳一臉委屈。

「你是愈幫愈忙啊！你應該安安分分的跟在掐拉蘇旁邊學習巫術，但是你不這樣做，卻專門製造麻煩！」優瑪大聲的吼著。

巫佳佳還是一臉委屈的低著頭，兩手緊緊抱著巫術箱。

夏雨跛著腳來找優瑪，他為了閃避黑精靈而摔倒，右腳腳踝被黑精靈踩了一下，腫起一大塊。夏雨慌張的對優瑪說出他的焦慮：「這下完蛋了！三百隻山豬在卡嘟里森林造成的破壞是很可怕的。牠們不僅會把食物吃光，而且牠們會用鼻子拱土，挖掘土裡的根莖類和小蟲吃，一些淺根的草本植物根部就會脫落枯死。就算三天後這三百隻豬都消失了，但是牠們造成的破壞，會讓很多倚賴草本植物或根莖類植物生活的動物，很長時間沒食物吃。」

「那該怎麼辦？」優瑪擔憂極了。

「我也不知道該怎麼辦。」夏雨憂慮的說：「到時候這些餓壞了的豬，就會進入部落啃食人類種的蔬菜和小米幼苗，到時候部落也會有糧食危機。」

「那些豬已經那樣做了。」瓦歷說。

「到時候餓死的就是我們。」多米說。

「如果是一般的山豬還好辦，這些可是黑精靈耶！」吉奧說。其他三個吉奧也點頭同意。

「是啊！每一隻都複製了真正黑精靈的記憶與思考模式，還有牠的敏捷以及巨大的力氣，要抓牠們並不容易。就算牠們三天後會消失，這三天內牠們還是黑精靈，也會肚子餓。」夏雨說。

「我明天去問問黑精靈該怎麼辦。」胖酷伊說。

「你見過黑精靈？」優瑪訝異的問。

「中午才見過，我和牠在森林裡追逐了一個小時。牠已經變成我的朋友了，還歡迎我隨時去找牠聊天。」胖酷伊說。

「胖酷伊，你是說，你和黑精靈交談過？」吉奧不敢相信的問。

「沒錯。」胖酷伊得意的說。

「你怎麼會……怎麼會說山豬的語言呢？」瓦歷問。

「我也不知道是怎麼回事，我走在森林裡，準備和黑精靈來一場森林的決鬥。我才剛聞到黑精靈的氣味，就聽見黑精靈對我說話，我也很自然的用牠的語言說話。」胖酷伊說：「就是這樣。」

每個人都用難以置信的眼神看著胖酷伊。

「胖酷伊，你今天怎麼了？你被樹枝砸到頭、被雷打到或者被隕石擊中了嗎？否則你怎麼一夕之間就會說山豬的語言呢？」多米好奇的問。她羨慕極了，能說山豬的語言多棒啊！

「我什麼也沒做呀！」胖酷伊說。

「只有一隻是真的，你能分辨是哪一隻嗎？」吉奧問。

胖酷伊搖搖頭：「我也無法分辨！」

「如果能想辦法把牠們圈在一個範圍裡，不讓牠們進出森林，或許可以減低對森林的傷害。」夏雨說。

「牠們可是黑精靈耶！有這麼容易進入我們的圈套嗎？」吉奧說。

「一隻一隻的抓，抓多少算多少。」瓦歷說。

「我這裡還有二十幾支麻醉針劑，但是於事無補，用完這二十幾支麻醉針，我已經沒有半毛經費購買新的了。」夏雨說。

「我可以變好多錢給你，你就可以去買麻醉針啦！」巫佳佳興奮的說。

「你閉嘴！你不要再惹事了，我拜託你。不准你再變出一毛錢給任何人，聽到沒有？」優瑪生氣的說。

巫佳佳委屈的點點頭。

「叫巫佳佳變出一千個獵人，然後分頭去抓黑精靈，很快就可以抓到了。」瓦歷說。

「對了！這樣好了，叫巫佳佳先變出三百支麻醉針給你應急，反正黑精靈是假的，麻醉針也是假的，三天後這兩種東西都會消失。」吉奧說。

「這樣啊！」夏雨一臉認真的思考著：「如果是這樣，我們必須先圈一個牢固而且不容易被撞破的地方，然後將被麻醉的山豬關在裡面，因為麻醉藥的藥效只有幾個小時。」

「沒有這樣的地方，而且也來不及搭木椿或築牆了，我們用繩子一隻隻的綁起來，這樣可以嗎？」吉奧一建議。

「綁牢一點，不讓牠們掙脫跑掉，只要撐過三天就可以了。」夏雨說。

「是啊！用繩子綁妥當一點。」吉奧二說。

「三天很快就過去了。」吉奧三說。

「那就這樣決定。我們需要很多人幫忙。」優瑪說。

「我必須回研究室拿麻醉針給巫佳佳看才行。」夏雨說。

「巫佳佳你跟夏雨一起去，吉奧要看著巫佳佳，除了麻醉針，不准她從巫術箱變出任何東西。」優瑪說。

四個吉奧爭執著到底誰該跟著夏雨去看住巫佳佳。

「吉奧。」優瑪叫了一聲。

四個吉奧都轉頭看著優瑪。

「到底哪一個才是真的吉奧？」優瑪拍著額頭苦惱極了。

「我是。」四個吉奧都用手拍著胸口說。

優瑪又開始抓起頭髮：「噢，天哪！我們的吉奧到底是哪個呀！」

四個吉奧眼睛裡都盈滿淚水望著優瑪，眼神彷彿說：「我就在這兒啊！一直在你身邊哪！」

「吉奧，你爸媽真倒楣，多了三個吉奧一點好處也沒有，沒有一個願意留在家裡做事，平白還多了三個人吃飯，哇！很快就會把你家給吃垮了。」多米說。

「沒關係，後天中午就可以知道誰是真的吉奧了。」瓦歷說。

優瑪望著遠山，想著如果沙書優還在，這一切就會變好了，也許這一切根本就不會發生。

12 胖酷伊大顯神威

夏雨的研究室在岩石山平行約兩公里遠的山腰上，名義上是研究室，其實是一間外型簡陋的木造建築，屋內的研究器材樣樣齊全，全是夏雨自掏腰包一一買齊的。他每個月都得向城市裡某間大學繳交研究報告，後來大學寫信告訴他由於經費短缺，從此不再支付他任何一毛研究經費，夏雨只好咬著牙用僅剩的一點點積蓄支付所有的開支。

夏雨、巫佳佳和兩個吉奧穿過竹林，爬過小土坡，終於在土坡頂上看見研究室的紅色屋頂。紅色的屋頂在綠色叢林世界顯得格外耀眼。

「夏雨，你真是個怪人，一個人待在森林裡，什麼時候被大黑熊吃掉都沒有人知道。」吉奧說。

夏雨笑著說：「大黑熊知道我一點也不美味。而且我好幾天才洗一次澡，臭死牠們了。」

庭院裡種滿了各式各樣的蔬菜，但是可以收成的卻寥寥無幾，因為這些蔬菜上頭盡是野豬的腳印、還有被什麼鳥或什麼蟲啃食過的痕跡。兩隻老母雞在菜圃上來來回回踐踏著翻找菜蟲吃。地上有兩顆老母雞剛下的蛋，夏雨極其珍惜的撿起來捧在手心。

研究室客廳的四面牆上擺滿了書櫃，書櫃上塞滿了書和各種檔案資料，書桌上書本雜誌講義橫七豎八的鋪滿整張桌面；客廳中央擺著兩張破爛的藤椅，和一張斷了一支腳用幾個磚頭頂住的茶几，茶几上有幾個空杯子。

「我這裡很少有客人來。」夏雨收走茶几上的空杯子，走到廚房洗乾淨。「上個月倒是來了一個相當特殊的客人，是一頭年紀很輕的小黑熊。牠拿走我最愛吃的小黃瓜罐頭。」

「走了這麼長的路，一定口渴了。」夏雨斟了兩杯水請兩個吉奧喝。

夏雨轉身想問巫佳佳需不需要喝水，卻不見巫佳佳。

「咦，巫佳佳呢？」

「我剛剛看見她跟著進屋的呀！」吉奧二說。

「是啊！我也一路上都看著她的！」吉奧一有點緊張了，他跑出門外四處張望。另一個吉奧和夏雨也跟了出來。

「這下怎麼辦呢？」夏雨臉色沉了下來說：「變不出麻醉針事小，如果她又熱心過度，變出三百頭大黑熊，就糟糕了！」

「完蛋了，我怎麼跟優瑪交代呀！」兩個吉奧異口同聲的說。

「她剛剛離開，應該還在附近，我們趕快追也許來得及。」夏雨將手上的麻醉針劑放進背包，鎖上大門，三個人開始在森林裡尋找巫佳佳的下落。

他們奔走了許久，找遍許多地方，連巫佳佳的腳印都沒發現，只好悻悻然的回到部落，跟優瑪報告了這件事。

「她有心逃走，就不會讓我們找到。」吉奧說。

巫佳佳逃走了！這件事帶給優瑪的震驚要大於森林裡突然多了三百頭體型碩大的山豬，畢竟這三百頭山豬三天後就會消失，巫佳佳的巫術箱卻可以源源不絕的變出更多無法想像的可怕東西！

「因為你說要收回她的巫術箱，她才逃走的。」多米說。

「沒有麻醉針，一切得重新計畫。」瓦歷說。

「巫佳佳是個善良的木頭人，就怕被別人利用，做出壞事。」吉奧說。其他三個吉奧都點點頭表示同意。

「胖酷伊，你不是抓山豬的高手嗎？把牠們一個個抓起來吧！」優瑪說。

「我抓一隻黑精靈得花一個小時，現在有三百隻要花多少時間？」胖酷伊掰著手指頭認真的數著：「三百隻三百個小時，一天二十四小時，一天二十四隻，兩天四十八隻……」胖酷伊的手指頭不夠數了。

「一共要花十二點五天才抓得完所有的黑精靈。那些豬三天後就會消失了。你說呢？」吉奧理性的分析著。

優瑪看著吉奧，覺得四個吉奧真是好玩，雖然有四個吉奧，但是思考以及說話的方式都非常的「吉奧」。

雅格肩上扛著鋤頭，飛快的跑過優瑪家門前，有兩隻黑精靈緊追在後。

胖酷伊很生氣的站起來，用豬的語言對著黑精靈大聲咆哮：「嘿！你們兩個卑鄙的傢伙，不准這樣追逐老人家！沒禮貌！」

兩隻黑精靈突然緊急煞車，仰頭看著胖酷伊。所有的人也驚訝的望著胖酷伊，不明白他嘰哩呱啦吐出來的一長串聲音是什麼語言。

「是胖酷伊！」黑精靈說。

「我們早上才見過面的，記得吧！」胖酷伊說。

「記得。」兩隻黑精靈點頭。

「你們為什麼要在部落裡跑來跑去，撞壞族人的住家、嚇得所有的人都要躲起來呢？這不是黑精靈的作風。」胖酷伊問。

「我沒有來過人類居住的地方，有這麼多夥伴陪著壯膽，所以就過來走走看看，這一切挺好玩的。」

「好玩？」胖酷伊簡直氣壞了：「這一點也不好玩！」

兩隻黑精靈看著胖酷伊。

「這件事要立刻解決是不是？」胖酷伊轉身問優瑪和吉奧。

「是啊！但是，用說的還比較容易。」優瑪開始焦慮的抓起頭髮。

「好，我有辦法立刻解決這個問題。」胖酷伊對著地面上兩隻黑精靈說：

「我是山豬的剋星，你們知道吧？」

黑精靈點點頭表示同意。

「今天早上，我可以把你帶回部落宰殺，然後分給每一戶人家做成醃肉，但是我沒有，我讓黑精靈回到森林繼續過日子。你說你欠胖酷伊一個人情，記不記得？」

黑精靈又點點頭。

「我現在就要討回這個人情了。我希望你們不要再鬧事了，乖乖的待在部落，不要進入森林，我們會提供食物和飲水。你們只要委屈三天，三天之後，隨便你們要做什麼都可以。」胖酷伊說。

「只要三天嗎？」黑精靈問：「你保證所有的人都不會傷害我們嗎？」

「對，只要三天。我們不會傷害你們。卡里溪橋左邊有一大塊空地，你們這三天就待在那裡。」

「胖酷伊，這個人情還給你，從此就不欠你了。以後在森林裡見到面，我們再來一場戰鬥，我一定不會輸給你的。」

兩隻黑精靈走後，胖酷伊轉身，目光在每張目瞪口呆的臉上掃了一遍。

「你們怎麼了？」胖酷伊問。

「胖酷伊，你跟山豬說了什麼？牠們怎麼就乖乖聽話了？」多米說。

胖酷伊把剛剛和黑精靈的對話說了一遍。

「黑精靈是一隻信守承諾的豬，就算是分身也是。」胖酷伊說。

「真是神奇！三百隻黑精靈，但是事實上只有一隻，因為每一隻黑精靈的想法都是一樣的。所以應該用『你』而不是『你們』。」瓦歷說。

「不對，就數量來說，應該用『你們』。」多米反駁道。

「這裡有四個吉奧，但是其實只有一個吉奧，其他三個吉奧的思想和真正的吉奧一模一樣，雖然數量有四個，其實只有一個……」瓦歷試圖理解其中的道理。

「他們全都是獨立的個體，就像雙胞胎一樣，雖然長得一模一樣，但是畢竟得各吃各的飯才會飽，而不是其中一個吉奧吃了飯，其他三個人就會感覺到飽，所以得用『你們』而不是『你』。」優瑪說。

成群結隊的黑精靈陸陸續續的從四面八方朝著卡里溪橋的方向聚攏，每隻黑精靈的神情和態度都轉為溫和。

幾個人跟著黑精靈往卡里溪橋的方向走去。

黑精靈果然很夠意思的全部聚集在卡里溪橋附近的那片空地。

「事情還沒有結束，我們得提供食物給這三百隻豬。」夏雨說。

「去哪裡找那麼多食物呢？」多米說。

「巫佳佳如果在就好了，她可以變出好多食物來。」瓦歷說。

「我們得去挖些蚯蚓、抓些昆蟲、採些嫩葉。」吉奧說。

「要餵飽這三百隻豬，得抓多少蚯蚓哪！」多米說。

胖酷伊的眼神越過山豬，驚訝的望著另一頭叫著：「你們看！」

空地的另一頭堆著小山一般高的地瓜和植物嫩葉。

「是巫佳佳，她就在附近。」胖酷伊說。

優瑪拉長脖子朝四周張望並叫喊著：「巫佳佳，你回來。」

對面的森林裡一點動靜也沒有。優瑪覺得巫佳佳也許正躲在樹林的某一個角落不肯現身，於是對著樹林大聲喊話：「巫佳佳，只要你回來，你可以繼續保留巫術箱。巫佳佳，你聽到沒有？」

樹林裡沒有任何回應，就連一片樹葉也沒有飄落。

「我是不是對她太嚴厲了？」優瑪沮喪的說。

「她做了這麼多麻煩事，任誰都會受不了。」多米說。

「也許她怕黑，晚上就回來了。」瓦歷說。

「木頭人閉著眼睛都可以在森林裡行走，一點也不怕黑。」胖酷伊以自身的經驗說。

「我是不是傷了巫佳佳的心？」優瑪說。

「好啦！優瑪，等這些事都解決了之後，為了卡嘟里部落，我就去當掐拉蘇的小女巫啦！」多米心不甘情不願的說。

「你真的願意學習巫術嗎？」優瑪瞪大眼睛望著多米。

「為了卡嘟里部落，也為了你，我只好犧牲自己了。」多米一臉委屈的說。

「我可沒有另一個魔術巫術箱給你。」優瑪說。

「我才不要那恐怖的玩意兒呢！」多米揮揮手。

13

巫佳佳的告別字條

深夜的卡嘟里森林，動物們紛紛回到巢穴，只有夜行動物精力充沛的出來覓食。

巫佳佳漫無目的的在林間漫步，她不知道該去哪裡，接下來又該怎麼辦。她坐在一棵樹的樹根上，把玩著胸前的巫術箱。她不斷的透過這個巫術箱幫助別人，每個得到幫助的人都笑得很開心哪！巫佳佳一點也不怪優瑪誤解自己，她相信總有一天，優瑪會明白她想幫助別人的一番心意。雖然變出來的東西只有三天的壽命，但是能擁有三天也是一件好玩的事啊！三天真是一個剛剛好的時間呢！

巫佳佳拿出葫蘆和神珠開始占卜，她希望能幫助優瑪找到沙書優，這樣就能分擔優瑪的憂愁，讓她快樂起來。

兩束光線從不遠的地方一路晃著彎曲的線條朝巫佳佳靠近，其中一束停在巫佳佳的臉上。

「巫佳佳，你怎麼會在這裡？」羅里驚呼。

巫佳佳露出一臉苦笑。

「是啊！你怎麼不回家呢？」羅薇問。

「回家？哪裡才是我的家呢？」巫佳佳憂傷的說。

「我們的帳棚被一群大山豬踩扁了，害我們沒地方睡覺，我們得找一個山洞休息。我真是快累死了。」羅南說。

「連我們食物的也被山豬吃光光。這些山豬不知從哪裡跑來的，簡直嚇死我了。」羅薇說：「還好我們閃得快，爬到樹上去，否則也會被牠們踩扁。」

「我們的蒸餾機也被山豬踩壞，所有的東西都沒了。」費娜洩氣的說。

「我從來也沒見過長得像犀牛的山豬，真是太恐怖了。」羅南心有餘悸的說。

「不用找山洞了，我幫你們變出帳棚來，我見過帳棚，沒問題的。」巫佳佳不改熱心腸的說：「你們失去的東西我會變出來還給你們。」

「噢，千萬不要，我們不要睡帳棚，萬一大半夜山豬又經過，到時候我們一定會被踩進泥巴裡。」羅南緊張的說。

「那好吧！從這裡過去大約五百公尺的地方有一個山洞，你們一家人擠進去睡一晚應該沒問題。」巫佳佳說。

「那你呢？你還沒告訴我們，你為什麼不回家？」費娜問。

巫佳佳把她如何幫助掐拉蘇、其他族人還有優瑪的過程，一五一十的說了出來。

「天哪！他們居然這樣傷害一個善良的人。」費娜摟著巫佳佳的肩膀試圖安慰她。

「沒關係的，你跟我們在一起，我們不會反對你幫助別人。」羅薇說。

「跟我們到城市裡去吧！在那裡他們絕對找不到你。」羅里提出建議。

「是啊，城市是最容易迷路的地方。」羅薇說。

「跟你們走，那我就得永遠離開卡嘟里部落了嗎？」巫佳佳問。

「是啊，離開這個傷透你心的地方，不是正好嗎？」費娜說。

「我們一家人會把你當貴賓一樣接待，絕對不會讓你受到半點委屈。」羅里說。

多麼好的一家人哪！為什麼優瑪就不能這樣對她呢？巫佳佳的心裡感慨萬千。

「你今晚就和我們一起住在山洞裡吧！後天一早，就跟我們一起下山。」羅里說。

「為什麼要等後天一早？」羅薇問。

「因為我們還有一些事沒做完。」羅里說。

「你可不可以再幫我們變出一些卡里卡里樹的花？」費娜要求著：「我們肯定不會再遇到這樣的世紀香氣了，我們決定帶著花回到我們的香水工廠提煉。」

「沒問題，小事一件。」巫佳佳懶洋洋的回答，語調裡不像以往有著助人的愉悅。

「哎呀！我怎麼現在才想到呢，巫佳佳，你可不可以幫我們變出兩棵卡里卡里樹，這樣一來，我們就可以自己栽種自己採收，真是太好了。」羅里扯著嗓門大聲的說。

「兩棵不夠哇！一噸鮮花只能提煉一公升的香水，我們買下十甲地，種滿卡里卡里樹，如何？」費娜說。

「沒問題，你想要的東西我都可以給你。」巫佳佳語調平淡的說。

「這真是太棒了！我看今晚我是鐵定睡不著了。」費娜興奮的說。

因為巫佳佳的關係，羅里一家人在山洞裡睡得既舒適又溫暖，所有需要的東西巫佳佳都能立即從巫術箱裡取出來。

「巫佳佳，有你在身邊，真的好幸福喔！」羅薇躺在柔軟的被窩裡心滿意足的說。

「如果我沒有了巫術箱，你們還願意帶我回到『城市』嗎？」巫佳佳問。

羅里夫婦呆愣了好幾秒鐘，如果巫佳佳沒有了巫術箱，還要帶她回去嗎？帶一個木頭人回去有什麼用處呢？羅里的腦子快速的轉著，也許可以帶著她到處去表演「說話」，木頭人會說話一定很稀奇。

「當然會帶你回去呀！因為這裡的人對你不好，你可以跟著我們去上學、打球、逛街。我朋友一定會非常羨慕我，因為只有我有一個木頭人朋友。」羅薇從被窩裡鑽出來，天真的說。

「是啊！是啊！巫術箱不是什麼重要的東西。」費娜勉強擠出這句話。

「沒有巫術箱就不好玩了。你的巫術箱不會突然消失不見吧？」羅南直率的問。

「巫術箱不會不見。」巫佳佳看著巫術箱若有所思的說。

「那就好啦！到時候你一定要幫我變出一個分身，一個我去玩，另一個我去上學，哇！多棒啊！」羅南興奮的說。

巫佳佳坐在山洞口望著滿天的星斗，真的要跟他們一家人去那個叫做「城市」的地方嗎？卡嘟里山的星空這樣燦爛美麗，「城市」那個地方也有這樣美麗的星空嗎？她真的要拋下優瑪和卡嘟里部落遠走高飛嗎？關於沙書優的占卜結果要不要告訴優瑪呢？

清晨，卡嘟里森林完全籠罩在霧裡。霧濃時，世界白濛濛一片；霧薄時，淡淡的樹梢尾端在霧中露了出來，整個卡嘟里森林在霧裡若隱若現，彷彿人間仙境。

胖酷伊騎著一頭山豬在部落小徑奔跑，準備進入庭院時，他在白茫茫的霧裡彷彿看見巫佳佳的身影從庭院跑出去。胖酷伊跳下山豬，拍了一下牠的屁股，說了句：「下次再找你玩。」

巫佳佳身上的藍黑相間披風在霧裡隱約可見。胖酷伊追著巫佳佳，邊跑邊喊：「等我呀！巫佳佳。」

巫佳佳加快速度竄進森林裡，一下子就失去蹤影。胖酷伊確認追丟了，懊惱的說：「可惡，為什麼就給我一雙跑不快的腿呢！」

以前奶奶拿著竹掃把準備到庭院掃地，胖酷伊匆匆跑過以前奶奶身邊，進入屋裡。

以前奶奶對著胖酷伊的背影慢條斯理的說：「急什麼呢？胖酷伊，太陽也都是慢慢升上天空的呀！」

胖酷伊來到優瑪房門口，看見門上貼著一張字條，他拿了下來，開門進入房間。優瑪還熟睡著。

胖酷伊搖了搖優瑪的手臂：「優瑪，優瑪，巫佳佳回來過了。」

優瑪睜開眼睛，迷迷糊糊的說：「什麼？」

「巫佳佳偷偷回來啦！」胖酷伊又說了一遍。

「什麼？巫佳佳回來啦！她在哪裡？」優瑪從床上跳起來。

優瑪跳下床衝到房門口，胖酷伊及時擋住她，將一張紙遞到她的面前。

「這是什麼？」優瑪接過紙張。

「巫佳佳回來了，但是又走了，留了一張字條給你。」

「你怎麼沒有留住她呢？」

「我追出去，但是追丟了，誰叫你許願的時候沒有給我一雙飛毛腿。」胖酷伊抬起他的粗粗腿委屈的說。

優瑪接過字條，讀了起來。胖酷伊將臉湊近字條瞧著。

「巫佳佳留了一張字條給你，」胖酷伊說：「但她根本就不識字，怎麼會寫字呢？」

「我完成她的時候就說過，我會的每一個字小女巫都會。所以她會寫字一點也不稀奇呀！」

「天哪！這多不公平，為何當初你不讓我識字？」胖酷伊叫了起來。

「我那時候才六歲，一個字也不認識。」

優瑪讀完字條，彷彿被電擊一般瞬間清醒過來。

「巫佳佳占卜知道沙書優的下落了！」優瑪衝出房間：「這次是真的。」

胖酷伊撿起字條，翻來翻去也看不懂，只好拿著紙張追了出去。

優瑪跑出客廳，經過以前奶奶，速度製造出來的氣流把掃成一堆的楓樹落葉給弄散了。以前奶奶把落葉重新掃成一堆，這次換胖酷伊快速經過，聚攏的枯葉又四處飛散。

「現在的人哪，整天都匆匆忙忙的，以前的人哪，每天都優閒的過日子，在卡嘟里森林哪有那麼多火燒眉毛的急事啊，真是！」以前奶奶充滿節奏的掃著落葉，嘴裡喃喃自語個不停。

帕克里用巫佳佳送的石板在屋旁蓋了一間倉庫。雅格家的母牛就要生小牛了，他準備用一把獵槍和他交換那頭小牛，這間倉庫剛好可以給小牛住。

「帕克里。」

帕克里聽見有人叫他，他從蓋了一半的磚牆探出頭，原來是優瑪小頭目和胖酷伊。

「這麼早！優瑪頭目。」帕克里說。

「巫佳佳知道沙書優在哪裡，我們得快點去找才行。」優瑪焦急的說。

「巫佳佳？」帕克里難以置信的問：「她怎麼知道？」

帕克里心裡想，優瑪又出難題給他了。

「她會占卜，掐拉蘇教過她用葫蘆占卜。」

「占卜結果說沙書優在哪裡呢？」帕克里試探的問。

「在卡嘟里山一個漏斗狀的山洞裡。」優瑪說。

漏斗狀的山洞？帕克里的臉色忽然一變，一絲驚恐從他臉上閃過。

「你知道那裡嗎，帕克里？」優瑪問。

帕克里猶疑著，一時間不知如何回答。他怎能憑著這個木頭女孩說她用葫蘆占卜找到沙書優的位置，就勞師動眾，讓年輕人放下田裡的工作，到那麼危險的地方搜尋呢？但是，只要有沙書優的消息，他又是多麼願意不惜任何代價，也要把老頭目給找回來。萬一這個巫佳佳說的是真的呢？她可以從巫術箱變出石板，為何要懷疑她占卜的結果？更何況這個占卜結果和沙書優有關。

但是為什麼是在那裡呢？漏斗狀的山洞！帕克里將眉頭皺得緊緊的。

優瑪焦急的等待帕克里回答。她望著沉著一張臉、陷入長長思考的帕克里，他這次為什麼要考慮這麼久呢？

「你想不起來漏斗狀的山洞在哪兒，是嗎？」優瑪焦急的問。

「我知道漏斗狀的山洞在哪兒。任何人或動物一旦掉進山洞裡，怎麼都爬不出來，只能活活的餓死。」帕克里說。

「沙書優怎麼會在那樣危險的地方，他被困在裡面嗎？」優瑪慌張了起來，沙書優如果被困在那裡，還能活著嗎？

帕克里看見優瑪的眼眶裡閃著淚水，點了點頭後，用堅決的語調說：「好，我們就上山一趟。那段山路不好走，平常我們不會到那一帶走動。」

「為什麼？」優瑪問。

帕克里欲言又止，他藉著彎身收拾散在地上的石板，躲開這個問題。沙書優失蹤之後，整個卡嘟里山都搜遍了，就那個地方沒去，大家也都認為沙書優身為頭目，不可能去那個地方，理所當然的沒去那裡搜索。按照這個邏輯推算，沙書優是有可能出現在那裡的。如果這是真的，沙書優去那裡做什麼呢？那裡是卡嘟里部落的惡靈之地呀！

帕克里對優瑪說：「我得問問年輕人誰願意去，不願意去的人是不可以勉強的。」

「為什麼？那是什麼地方？很可怕嗎？我可不可以一起去？我什麼都不怕。」優瑪說。

「不行，小孩子不能到那個地方去。」

「那是什麼地方？」

「那是……」帕克里停頓了一下，說：「惡靈之地。」

「為什麼叫惡靈之地？那裡住著惡靈嗎？」

「嗯……」帕克里努力的思索著，該如何對一個十一歲大的小女孩說明惡靈之地，又不會讓她受到驚嚇。帕克里微微的搖搖頭，等找到更好的說法時再解釋給她聽吧！

「我得先去找人商量一下。」帕克里看著四周的濃霧，憂慮的說：「這幾天霧很濃，上山很危險。你先回去。我想想辦法。」

優瑪離開之後，帕克里再度回到搭建中的倉庫。他彎腰抱起一疊石板，準備再工作幾個小時，手中的石板忽然間消失了，他的身體往後退了幾步，接著他親眼見到，自己搭蓋的倉庫就像一張圖畫突然間被隱形橡皮擦擦去一般，不見了！

帕克里嚇得臉色發白！

「不會吧！惡靈不會只聽到我們要去就生氣了吧！」

帕克里思緒亂了，也慌了，他甚至聞到了恐懼的味道。

「帕克里，我忘了跟你說，你不要再蓋倉庫了，巫佳佳送你的石板很快就會消失！那些東西只有三天的壽命。」優瑪站在遠遠的地方，兩手圈成一個喇叭狀，對帕克里喊著。

帕克里輕輕的嘆了一口氣，望著空蕩蕩的地面，搖了搖頭，這兩天真是白幹活了。

胖酷伊揚著手上的字條追著優瑪問：「優瑪，字條上還寫些什麼？不會只寫占卜結果吧？」

「她還寫了一些告別的話。她要跟羅里一家人回到城市生活。」優瑪說。

「這麼重要的事你居然置之不理，就只在乎漏斗狀的山洞？巫佳佳占卜的結果只有你才相信。」胖酷伊在優瑪身後大聲的追問。

「這次一定是真的。」優瑪態度堅定的說。

「你就讓她帶著巫術箱離開卡嘟里部落，到處去闖禍嗎？」胖酷伊不敢相信。

「她要走我也沒辦法。」優瑪面無表情的說：「她現在也許已經下山了，攔也攔不住。」

優瑪找來三個副頭目，告訴他們巫佳佳的占卜結果、帕克里對漏斗狀山洞的反應，以及巫佳佳準備跟隨羅里一家人離開卡嘟里部落。

「惡靈之地，肯定是個可怕的地方。」瓦歷說。「就連好好的種子埋在那裡都會長出可怕的東西。」

「連帕克里都害怕的地方，一定非常恐怖。」吉奧說：「如果巫佳佳說的是真的，那麼，沙書優去那麼可怕的地方做什麼呢？」

「誰知道巫佳佳說的是不是真的，她的三腳貓占卜技術，不能相信。」多米說：「就像上次，說得這麼肯定，說什麼沙書優在山上的工寮喝茶？哼，到頭來還不是白跑一趟。」

「萬一是真的呢？」吉奧問。

「這次一定是真的。」優瑪說。

「所有跟沙書優有關的消息，你都會當真。」多米說：「她如果占卜說沙書優在月球，你一定會立刻叫胖酷伊將你綁在長矛上射向太空。」

「現在最重要的事是阻止巫佳佳下山。」吉奧提醒優瑪：「如果巫佳佳真的帶著巫術箱離開卡嘟里森林，整個世界就完蛋了！」

「她一定是對我們失望透頂，才會做出這樣的決定。」瓦歷說。

優瑪將雙手插進褲子口袋裡，若有所思的踢著地上的小石子。她無法形容自己此刻是怎麼回事，好像胸口被挖走一大塊，感覺很空虛。

「不然，兩個吉奧到下山的路上等候攔截。」優瑪說。

「萬一攔不住呢？」吉奧問。

「兩個男生怎麼會攔不住呢？」多米說。

「還有羅里一家人耶！」瓦歷說。

「真的攔不住，就讓她走吧。」優瑪說。

「至少得把巫術箱拿回來！」胖酷伊說。

「除非用搶的，不然就得用偷的，」瓦歷說：「否則根本拿不回來，巫佳佳拿它當寶貝，分分秒秒都抱在胸前。」

「沒關係，該來的災難總是會到來，擋都擋不住。」優瑪說完這句話，用力的吸了幾口氣，卡里卡里樹花的香氣已經淡了呀！

14

惡靈之地

太陽穿越雲霧，在卡嘟里森林照射出一道道霧線，雲霧在陽光中舞動翻飛。

帕克里站在屋前望著遠山，露出滿意的笑容，今天是個好天氣，現在出發，趕在下午日落前下山應該沒問題。帕克里鑽進屋裡，取出背包，並在腰間繫上一把彎彎的佩刀後，往各個搜救隊員的家中走去。

十名搜救隊員沉默的走在山徑上，只有腳踩在枯樹葉上發出的簌簌聲。他們個個心情沉重，今天要去的地方可不是個普通的林地，那是惡靈之地呀！關於惡靈之地的傳說可多了：那裡人跡罕至，是卡嘟里族的禁地，許多

外來的登山客誤闖而失蹤的更是不計其數。聽說惡靈會化身成各種形象修理闖入者，他們會變成一棵走動的樹、變成蛇，或者變成一棵枯朽橫倒的樹，為的是解除闖入者的戒心，然後伺機攻擊。

大樹想著臨出門前妻子憂慮的雙眼。「我們會平安回來的。」大樹是這樣安慰妻子的。

答應加入搜救隊，是因為老頭目沙書優有難，身為卡嘟里族的一分子，都該義不容辭的奉獻自己的力量，救出沙書優。明知這是趟冒險之行，他還是沒有半點遲疑的加入了。大樹看著帕克里堅毅的背影，心裡也堅定起來。自從帕克里唯一的兒子藤蔓和迷霧堡主的女兒霧兒一起離開卡嘟里部落後，帕克里變得異常沉默。他從來不說對這件事的想法，也沒有人知道他在想什麼，他心裡的苦，只有他自己明白。

帕克里帶領著搜救隊員離開山徑，進入雜草叢生見不到任何路徑的叢林裡，樹枝及藤蔓橫陳，帕克里揮起開山刀，劈斬出一條路來。

穿越一線天岩縫，切入溪谷，溯溪而上後，從一棵巨大鐵杉旁下切至山谷，來到一片陡斜的林地。這片林地上樹木密實的長著，為了爭取陽光，全都賣力的往上拔高，導致一絲陽光也穿不透。石頭和樹幹全都被青苔給覆蓋住，空氣裡充滿了水氣。一棵橫倒的巨大檜木阻斷了搜救隊的路。

「跨過這棵倒木就是惡靈之地了。從現在開始，大家在這片林子千萬保持肅敬，不要亂說話，也不要有壞的心思。惡靈可以窺探所有的惡意，就算藏在內心深處，也會被聽見。」帕克里說。

聽到帕克里這番話，每個人都感受到一股寒意從腳底竄向背脊。

帕克里取下背上的竹簍，拿出小米酒、肉乾和檳榔放在地上，開始虔誠的祭拜：「靈界的朋友，今天我們來到這裡，如果有所冒犯，請你們多多包涵，我們聽說失蹤的卡嘟里部落頭目沙書優在這裡留下了線索，所以特地過來尋找，我們不會驚動花草樹木和動物，找到沙書優，或者找不到，我們都會悄悄的離開。如果驚擾到各位，請你們一定要見諒。」

帕克里留下小米酒等祭拜物品，一行人七手八腳的爬過巨木，往前走了半小時山路後，帕克里做了手勢，示意停止前進。帕克里憑藉著模糊的印象，仔細觀察周遭的環境。

「就是這裡了。」帕克里搓搓發癢的鼻子後望著四周樹林說：「漏斗狀的山洞應該是在這附近，已經過了四十幾年了，樹都長大了，辨認起來實在有點困難，但是我記得這些樹的形狀，我曾經……」帕克里抿了抿嘴唇，不再說下去。

帕克里謹慎的提醒大家：「洞穴的入口旁邊有一棵兩人高的扁柏，經過三、四十年也許沒有長高多少，扁柏的生長速度和檜木一樣緩慢。大家看仔細一點。」

「帕克里，你以前怎麼會跑到這裡來呢？這裡是禁地不是嗎？」大樹問。

「四十幾年前，一個賭氣的孩子，跑到這裡來要找惡靈決鬥。」帕克里回憶著。

「結果呢？發生什麼事了？」大樹繼續追問。

「結果，嗯……我得到一個很大的教訓。」帕克里一邊朝四周張望一邊喃喃自語著。這裡變化真大呀！或者應該說森林的變化真大呀！

九歲，一個天不怕地不怕的年紀，因為被父親責罵，賭氣跑到這裡挑戰惡靈。多麼不懂事的孩子啊！年少的往事清晰的浮現在帕克里腦海裡。

跨過橫倒的巨木之後，九歲的帕克里望著寧靜的森林，覺得一點也不像大人所說的那般邪惡恐怖，大人根本就是在嚇唬孩子。

「出來呀！惡靈，你們這些膽小鬼，不要再躲藏啦！卡嘟里族的小勇士來了。」帕克里扯開嗓門放肆的吼叫著。

森林一片靜寂。

「你們這些醜八怪！給我滾出來！」帕克里繼續吼著。

森林依然沒有任何動靜。

「哼，關於惡靈之地的傳說根本就是一個荒謬的謊言，躲藏在森林暗處的惡靈根本就是膽小鬼，如果你們不是膽小鬼，就出來呀！」

森林依然沒有任何動靜。帕克里趾高氣揚的向森林四周掃描了一番後，一臉不屑的說：「果然是些膽小鬼！惡靈之地從此改名為膽小鬼叢林。」

就在帕克里覺得關於惡靈之地的傳說根本就是一個荒謬的謊言而決定離開時，四周的樹突然移動起根部朝著帕克里逼近，在帕克里還來不及反應的瞬間，他已經被巨樹伸出的樹枝緊緊攫住，往上拋起，就在他即將墜落地面時，又被另一根樹枝撈起，他就這麼被群樹在樹林間拋來拋去一個多小時，任他哭啞了嗓子，也沒有人前來救他。

有幾分鐘的寧靜，小帕克里以為災難就要結束時，土坡上一塊長滿青苔的石板在巨響中緩緩打開，帕克里從高高的樹上被狠狠的拋入洞穴，沒多久又被拋出掛在樹枝上。當他快要睡著的時候，就會有一根樹枝伸過來搔他癢，或者折斷樹枝弄出聲音，故意嚇他。他整整掛在樹枝上三天三夜，直到父親和族人前來。

帕克里怎麼也無法忘記他所經歷的那三個漆黑恐怖的夜晚。

異常寧靜的林子裡，突然響起幾隻鳥振翅飛起的聲音，所有的人都嚇了一大跳，一顆心跳得老高，一時半刻還回不了原來的位置。

「天哪！這地方多麼陰森哪！」瓦拉脫口而出。

糟了！帕克里驚覺瓦拉說了不該說的話。明明才交代不要有壞的思想，就連陰森這個形容詞也不應該說呀！但是，一切發生得太快了，一個被青苔層層包覆著的石板突然發出唧唧的聲響，一行人轉頭往聲音的來源望去，驚訝的看著石板往外開啟，還來不及做出任何應變，一股強勁的吸力就將十個人全吸進洞裡去了。

一陣翻滾摔跌衝撞後，一群人堆跌在洞底，被壓在最底下的人痛苦得哇哇大叫。大夥兒小心翼翼的調整位置，讓被壓在最底下的人手腳有舒展的空間。洞底實在是太狹窄了，只夠兩個人貼身站立，為了讓每個人都有空間，只好一個踩另一個的肩膀，一路疊上去。為了減輕隊友的重量，每個人都貼著牆壁，以便將重力從背上釋放出去。每個人都站穩後，才看清這個地洞的模樣。帕克里是部落裡的長老，他站在最上面，拿出手電筒仔細觀察這個地洞。

這是一個口大底小的地洞，牆壁細緻滑溜，沒有任何工具的輔助，要逃出去根本是不可能的事。搜救隊原來準備了繩索，打算綁在樹上一路下降到洞底，沒想到還來不及準備就被吸了進來，就算十個人疊起來的高度也到不了出口，這個狀況讓搜救隊員感到沮喪。

「咦，那是……那不是……」帕克里高舉手電筒，喃喃自語的指著牆壁上一個用石頭刻的太陽圖案說：「難道沙書優頭目真的來過這裡？」

「那個小女巫還真有點本事，可以透過占卜看到這個圖案。」大樹說。

「沙書優頭目只留下這個圖案，代表什麼呢？」瓦拉不解的問。

「他只想告訴我們他還活著。」大樹說。

「我完全不懂他為何要這樣做。如果他還活著，為什麼他不回部落？他應該知道我們從來沒有停止尋找他。」瓦拉憤慨的說。

「他一定有說不出的原因，也許他被挾持了。」阿莫說。

「沙書優從來不喜歡麻煩別人，更何況是這種讓族人四處奔波的事。一定有什麼原因讓他這麼做。」帕克里說。

「就留下這樣一個圖案做線索，讓我們知道他曾經來過這裡，這是怎樣的暗示呢？尤其被困在這樣一個死穴。」瓦拉認為這一切看起來都讓人覺得無能為力。他想起小頭目優瑪，雖然她常常製造一些麻煩的事，卻又能在最驚險的時刻帶領大家脫離險境。這個老是漫不經心、令人又期待又擔心的小頭目，會不會來救他們離開這個恐怖的地穴呢？也許她此刻正在大樟樹下玩著秋千，或者正在雕刻室敲著木頭呢！

同一時間，卡嘟里部落頭目家的會議室裡鬧烘烘一片，族人們正為久不見下山的搜救隊擔憂。

「帕克里說，如果傍晚之前沒回來，就準備上山搜尋，現在天快黑了，我們應該上山找他們了。」

「那是惡靈之地呀！該派誰去呢？」

「有帕克里在，應該不會有事。」

「請掐拉蘇占卜，看看現在是怎樣的情形。」

「掐拉蘇病了。」

優瑪感覺臉上一陣燥熱，都是自己害掐拉蘇生病的！掐拉蘇因為巫佳佳的搗亂，生活大亂，終於生病了！

「那怎麼辦呢？掐拉蘇病了，誰來占卜呢？這件事很緊急呀！」

「只好找巫佳佳占卜了。」優瑪小聲的說：「但是連巫佳佳也不見了。」

「那個木頭小女巫？」一位族人震驚的說：「她惹的禍還不夠多嗎？」

是啊，她惹的禍真是夠多了！她從巫術箱變出來的東西，現在一個個都變成泡影消失了！有人在墾地的時候，鋤頭忽然消失而撲倒在地上摔傷了下巴；巴那和雅羅則因為腳踏車消失而摔了個四腳朝天……

「那是惡靈之地，就算派再多的人進去，也一樣出不來，白白去送死而已。」

「那個小女巫恐怕是惡靈之地派來的邪惡使者。」

「她不是！」優瑪大叫起來。「她只是想幫助別人而已。」

族人們看著激動的小頭目，覺得她拿不出任何辦法了，那可是惡靈之地呀！

這是一場沒有結論的會議。誰也無法決定到底還要不要派搜救隊上山，或者該派誰去。那不是一般的林地，而是被禁止進入將近四百年、時刻都會奪人性命的惡靈之地！

黑夜已經來臨了，優瑪第一次在黑夜來到天神的禮物平台，她坐在平台上，摸著沙書優留下的太陽圖案。胖酷伊坐在優瑪身旁，安靜的陪著。

「我又惹麻煩了，父親。」優瑪望著遠山的剪影憂傷的說：「帕克里現在也許已經死掉了，是被我害死的。」

胖酷伊看著優瑪說：「你以為帕克里是誰呀！他是帕克里耶！就算十天沒有食物他也不會死掉。」

「那可是惡靈之地！一個沒有人敢去的地方。」

優瑪突然站起身，表情堅決的說：「走吧！既然沒有人敢去，那就我們去吧！」

「我們？」胖酷伊說：「我們怎麼去呀？你知道那個地方在哪裡嗎？」

「我不知道，但是夏雨知道。我們去找他。」優瑪說：「夏雨和部落的族人一樣，對卡嘟里山瞭如指掌，有他帶領就沒問題了。」

優瑪、胖酷伊、兩個副頭目和四個吉奧，拿著火把，頂著夜色來到夏雨的紅色小屋。

禁不住優瑪等人的要求，熟悉卡嘟里山的夏雨答應帶領優瑪等人進入惡靈之地。他準備了地圖、指北針還有幾支麻醉針劑以備不時之需。

「再四個小時才會天亮，你們先休息一下。這段路會很辛苦。」夏雨說。

幾個人或躺或坐的在客廳閉眼休息，睡睡醒醒的等待著時間將黑夜撤去。

天才濛濛亮，九個人便浩浩蕩蕩的出發了。

冬天的寒氣把楓樹染成血紅，點綴著山巒，讓群山看起來喜氣洋洋的，彷彿待嫁的姑娘。豔紅的楓葉在樹上搖曳了一段時間後，終於從樹上飄落了，落下的那一刻，落葉就明白，該將紅豔豔的色彩還給大地了，於是，失去色彩的枯葉堆疊在山徑上，安分的等待一場雨，等待時間將它們化成養分回饋大地。

走過楓樹林，優瑪和她的副頭目們遇見羅里蹲在一個大坑洞裡，他沮喪的抱著頭，久久不肯起身。費娜和她的一對兒女無可奈何的站在坑洞旁望著羅里。

「他怎麼了？」優瑪問羅南。

「他不知怎麼了，我們一起來到這裡，他很興奮的撲向這個蓋著綠色雨布的洞，結果整個人摔進洞裡。應該很痛吧！」羅南說。

「這是他第一次在我們面前跌倒，他覺得很丟臉。爸爸，沒關係的，每個人都會因為不小心而摔倒。」羅薇試圖安慰羅里，但是羅里依然曲著身體動也不動。

「他沒事，給他一些時間就會復原了。」費娜口氣淡然的說。

優瑪和其他人心裡可清楚得很，羅里這樣沮喪是因為他埋在洞裡的錢已經消失不見了。

「他如果覺得累了就會出來的，別擔心了。」夏雨說。

優瑪朝四周張望了一會兒，問：「巫佳佳呢？她不是和你們在一起嗎？」

「我們一早醒來她就不見了。」羅薇難掩失望的說：「她不告而別讓我們好傷心。」

「你們今天要下山嗎？」優瑪問。

費娜心疼的望著羅里說：「如果他還不太嚴重，今天或明天就可以下山。」

「希望卡嘟里森林的自然風光帶給你們美麗的回憶。」優瑪說。

優瑪一行人走後，巫佳佳從矮樹叢中竄了出來，她看著羅里，一臉抱歉的說：「我忘了跟你們說一件很重要的事，所有從這個巫術箱變出來的東西，三天後就會消失。」

費娜難以置信的瞪大眼睛，望著巫佳佳叫了起來：「什麼？」

「三天就會消失？」羅南和羅薇也驚訝的叫了出來，就連始終低垂著頭在洞裡不肯出來的羅里，也抬起頭來望著巫佳佳。

「是的，只能擁有三天，之後就消失。」巫佳佳再強調一次。

「你為什麼不早點告訴我們呢？」費娜的語調帶著責備。

「沒有人能真正擁有什麼東西，有些東西是救急用的，但是你卻以為可以一輩子擁有，所以才會這麼失望。這是我最近才弄明白的道理，希望你們也能明白。」巫佳佳說。

羅里一家人一時之間不知該說什麼了。

「我得走了。」巫佳佳說。

「你不跟我們回家了嗎？」羅薇急切問。

「森林才是我的家。」巫佳佳說完，轉身離開，留下錯愕的羅里一家人。

「你要去哪裡？」羅薇提高音量對著巫佳佳的背影問。

巫佳佳沒有回答，逕自往森林深處走去。

失去帳棚和所有蒸餾機器以及提煉到一半的香水，羅里一家人帶著疲憊與沮喪的神情，走向他們停在部落入口處的汽車，準備開車下山回家。

「所有的東西都沒有了，我們真是白忙一場了。」費娜說。

「也不算白忙一場啦！我決定回去以後，開一間傳播公司，我們派一組人馬到卡嘟里森林來，做十集節目，保證能賣錢。卡嘟里森林真是一個充滿驚奇的地方。」羅里語調亢奮的說。

「我可以當主持人，我還不算太老吧！」費娜撥了撥頭髮，搔首弄姿起來。

「你當然不老啦！主持人非你莫屬。」羅里說。

樹上傳來樹鵲「嘎——嘎——嘎兒哦」的粗啞叫聲。一陣強風吹過森林，樹上的三隻樹鵲同時展翅飛離。

三個扁柏精靈出現在山徑上，一路蹦蹦跳跳的朝羅里一家人的方向前進，他們語調輕快的唱著歌：

山路沒有人影，有精靈，
森林沒有神話，有精靈，
精靈聽見你們心裡的祕密了，
等著瞧，等著瞧！
你只有五秒鐘的時間，
快許願，快許願，
錯過這次你得再等一百年。

「是檜木精靈，是檜木精靈，快許願！」羅薇尖叫起來。

所有人都緊張起來，許願，快許願，但是許什麼願呢？只有五秒鐘啊！

「那是檜木精靈嗎？」羅南的聲音微微顫抖著。

「把我們在卡嘟里失去的東西全還給我們！」費娜在慌亂當中快速的說出這句話。

三個扁柏精靈露出調皮的微笑，又唱起歌來：

山路沒有人影，有精靈，
森林沒有神話，有精靈，
精靈聽見你許下的願望了，
等著瞧，等著瞧！
哈哈哈，哈哈哈，
等著瞧，等著瞧！
你將失去你在卡嘟里森林所有的東西，
等著瞧，等著瞧！

許願前請你先擦亮你的雙眼。

哈哈哈，哈哈哈，

等著瞧，等著瞧！

「你們確定他們是檜木精靈嗎？」羅南疑惑的又問了一次。

「森林裡有七個扁柏精靈，四個檜木精靈，所以，扁柏精靈出現的機率大於檜木精靈。剛剛那個真的是檜木精靈嗎？」羅里也感到疑惑。

「速度太快而時間又太短，誰知道誰是誰呀！」費娜心裡湧起一股不安。

一陣怪風簌簌的穿過森林，搖撼樹枝飄落一地枯葉。

「天有點冷了，我們要走快一點才行。」費娜說。

「我們要走去哪裡呢？媽媽。」羅薇打了一個大呵欠。

「是啊！我們要走去哪裡呢？這裡又是哪裡呢？我們好像迷路了。」

「說好只是上來走走，但是，這片森林有點詭異，我看我們還是快快離開吧！」羅里四處張望，臉上出現一絲懼怕的神色，他怎麼會帶著家人進入這麼危險的森林呢？

「我們的車在那裡！」羅薇叫了起來：「我們快上車吧！好睏喔！我好像有一百年沒睡過覺了。」

「是啊！快點回家吧！出門前我好像忘了把陽台的衣服收進屋裡，真是糟糕！」費娜說。

羅里一家人快步走向汽車，上車發動引擎，噗噗噗的一路往山下的方向駛去。

15 冰凍死城

巫佳佳悄悄的一路跟隨優瑪一行人來到橫倒的巨木旁，她躲在樹幹後面觀察，看見夏雨拿出地圖仔細的對照著。

夏雨頭上的斗笠忽然「啵」一聲的消失了。

「啊！終於還給人家了。不屬於自己掙來的東西，終究無法留下來，就算一頂斗笠也一樣。」夏雨豁達的說著，說完立即將注意力放回地圖上。「就是這裡了。這棵倒木是最大的特徵。」夏雨說。

優瑪瞄了一眼夏雨手上的地圖，那是一張完全手工繪製的卡嘟里山區地圖，上頭標示著卡嘟里部落、岩石山以及卡里卡里樹的位置。優瑪看著夏

雨，眼神充滿佩服，這個從城市來的人很不一樣。

「我聽部落長老說過，跨過這根倒木就屬於惡靈之地的範圍，那是一個危險的地方。」夏雨壓低聲音說著：「在惡靈之地千萬不要亂說話，惹惱惡靈就糟了。」

「我們確定要進去嗎？」瓦歷面露懼色的問。

「如果我們全部約好一句話都不說，是不是就比較安全？」多米小聲的問。

「據說連壞的念頭也不可以有。」夏雨補充說道。

「怎樣才算壞念頭呢？」瓦歷撓著腦袋問。

「比如說，你看到樹就想到如果砍下來做成椅子會很棒，類似這樣的想法。」吉奧說。其他三個吉奧點點頭表示贊同。

「噢，好的，我一定不會這樣想。」瓦歷戒慎恐懼的說。

「我們什麼都不要想不就沒事了嗎？」多米說。

「那可不容易，我平常沒事發呆的時候，也無法控制腦袋蹦出一些奇怪的想法。例如，我會突然想到小鳥可能飛到小米田吃小米了。你永遠不知道什麼樣的想法會跳出來。」吉奧說。

「如果你開始要胡思亂想的時候，就數數樹木吧！一棵、兩棵、三棵，森林裡的樹木多得數不完。」夏雨說。「大家小心一點，我們要進去了！」

「等一下。」優瑪急切的制止：「我們還沒有進行祭拜的儀式，這樣對靈界的朋友不敬。」

優瑪打開背包，拿出一些芋頭乾和一條烤地瓜，吉奧搬來一塊扁平的石頭，讓優瑪擺放祭品。

優瑪一臉虔誠的望著橫倒巨樹那端的森林說：「眾神靈，因為要尋找族人，我們即將進入你們的地盤，如果驚擾了神靈的休憩，請多多原諒和包涵，我們會安靜的來、安靜的離去，希望眾神靈能給我們力量與智慧找到失蹤的族人。感謝您們。」

「嗯，可以了。」優瑪說。

兩個吉奧率先爬上巨大的倒木。

多米因為緊張而做了一個深呼吸，舒緩緊張的心情，卻因此吸入太多溼冷的空氣刺激了鼻子，於是打了兩個大噴嚏。

「哈——啾！哈——啾！」

所有的人彷彿被點了穴道一般，一臉驚恐的望著多米，誰也不敢動一下，只是轉動眼珠子等待環境的變化。

那棵橫倒在地上的巨大檜木，突然發出轟隆隆的巨響，一陣劇烈的搖晃後站了起來，抖落一地樹葉與剝落的樹皮。兩個吉奧跟著倒掛在站起的樹幹上，由於沒有任何樹枝可以支撐，兩個吉奧以極快的速度，頭頂朝下的往下墜。

「天哪！吉奧！」優瑪大叫起來，衝到樹下想要接住往下墜的吉奧，卻被夏雨拉開。

「你這樣會送命的！」

所有的人都嚇出一身冷汗！這樣墜落必死無疑！雖然四個吉奧裡只有一個是真的，但是這兩個吉奧之中有一個可能是真的呀！

「不要哇！吉奧。」優瑪哭了出來：「不要！」

就在兩個吉奧差兩秒就要摔破腦袋的時候，他們忽然瞬間消失了！什麼也沒墜落，只有幾片剝落的樹皮陸續掉下地面，發出細微的聲音。所有人一時片刻還無法從幾乎失去吉奧的巨大驚嚇中醒過來，他們呆住了，甚至還發起抖來。

就連吉奧自己也驚嚇得說不出話來。

幾秒鐘後，吉奧開口說話了：「嘿，我在、在這裡，一點事也沒有。」

幾個人轉身望著吉奧，現場只有一個吉奧，其他三個都消失了。

「時間到了，三個吉奧終於離開了。」吉奧說，語氣裡有著濃濃的不捨。

「吉奧！」優瑪撲過去，緊緊的抱著吉奧哭了起來：「我以為我失去你了，吉奧，我以為我失去你了！」

多米和瓦歷也走過去，相互摟著，久久不肯放開。

夏雨被眼前這一幕感動得落下眼淚。

「我剛剛忘了說，來到惡靈之地也不能打噴嚏。」夏雨不好意思的說。

剛剛站直的檜木又倒下了，發出巨大的聲響。

「大家快點讓開！」夏雨推著大家往後退了幾尺。

感受到惡靈之地的可怕，優瑪等人絲毫不敢掉以輕心，他們懷著嚴肅的心情爬過倒木，往惡靈之地的森林走去。

一陣風吹過，如鬼哭泣，令人不禁毛骨悚然！優瑪下意識的抓起胖酷伊的手。

一行人走了半個多小時後，夏雨發現了什麼叫住大家，他往前走了幾步，神情專注的觀察地上的痕跡以及路旁植物。

「帕克里他們的腳印只到達這裡，前面沒有了。」夏雨謹慎的用緩慢的語調，小心翼翼的挑選字眼說：「這個地方一定有很特別的——嗯，線索，大家仔細找找看。」

幾個人分散開來，在山徑上以及樹林裡尋找可疑的蛛絲馬跡。一番搜尋下來，並沒有發現什麼可疑的地方。除了幾棵植物的葉片有彎折的現象，表示有人經過使其摩擦受損，但這也只能說明帕克里他們一行人確實來過這裡。然而，前面的路上以及附近林地，沒有再發現人的足跡，他們確實是在這個地方消失的。在這個看不出有任何機關或陷阱的地方，這群身材高大壯碩的勇士們又是如何憑空消失的呢？

噗——噗！

清脆的聲音在寂靜的森林裡響起。

所有人都停止搜尋的動作，面面相覷，每個人的臉上都出現「不妙！」的表情，剛剛是誰在放屁？卡嘟里族所有祭典儀式裡，最忌諱的就是打噴嚏和放屁了！是誰居然敢在惡靈之地放肆的放屁？

瓦歷滿臉通紅的尷尬笑著，承認剛剛的屁是他放的。吉奧狠狠的瞪了他一眼，示意他不可再犯。

每個人心裡都七上八下的等待著突然降下的懲罰。十幾秒鐘過去，森林裡沒有任何動靜，也沒有倒下的樹木豎起來。就在大家鬆了一口氣的時候，一個土坡上長滿苔蘚的石板轟隆轟隆的開啟，接著，一陣強勁的吸力從黑漆漆的地洞裡伸出無形的爪子，一眨眼就將六個人吸進地洞裡，石板再度轟隆轟隆的闔上。多米尖銳的尖叫聲在森林迴蕩了幾秒鐘後，森林恢復原有的寧靜，好像從來沒有人來過似的。

帕克里和其他族人在地洞裡待了許久，個個神態疲憊，身體虛弱。為了減低承重力，他們兩個小時就得更換一次位置，就在地洞裡一片混亂的時候，洞口的石板忽然打開，灌進的強風打得他們暈頭轉向，眼睛都睜不開，還有六個人猛地從洞口摔落，十幾個人就這麼狼狽扭曲的堆疊著，被壓在最底下的瓦拉痛得哇哇大叫！

大樹趕緊現場指揮起來，要上面的人一個個往牆壁兩旁靠，才終於讓出空間給底下的人站立。

一切就定位後，帕克里用手電筒照著每一張臉瞧著：「怎麼是你們過來？你們不知道這裡是禁地嗎？其他人呢？」手電筒光束停在夏雨的臉上，帕克里憤怒的說：「你怎麼可以帶他們來這裡？小孩子怎麼可以來這裡？怎麼可以讓優瑪頭目冒這個險？真是太放肆了！」

「沒有其他人了。」夏雨垂下眼睛，對於帕克里的指責，他無言以對，因為無法拒絕優瑪的請求，反而讓優瑪和副頭目們陷入險境，這結果是他沒料想到的。

「帕克里，你不要怪他，是我千拜託萬拜託，他才肯帶我們來的。是我的錯。」優瑪試著解釋。

「優瑪頭目，你是達卡倫家族唯一的傳人，你的安危關係到整個部落的未來，請你以後不要再做出讓我們擔心的事了。」帕克里表情嚴肅的說。

「我知道了。」優瑪小聲的應答，聲音微弱到只有旁邊的胖酷伊聽到。

就算增加了六個人的高度，還是到不了洞口，這個地洞實在太深了。

優瑪等人從背袋裡取出食物和飲水給搜救隊員，希望他們先恢復體力，再設法離開這個地洞。

「我覺得這個地洞有魔力，我們幾個之前疊起來的高度，距離洞口只差兩、三個人高的距離，現在加了六個人，距離洞口的高度仍然和剛才一樣。」大樹沮喪的說著：「要離開這個地洞是不可能的了。」

「不要說喪氣話，只要不放棄，就一定有機會。」帕克里口氣嚴厲的說。

「這個地洞會自動拉長嗎？」優瑪說。

「看來是這樣。」吉奧說。

帕克里打開手電筒，將光線照向牆壁上沙書優留下的太陽圖案：「優瑪頭目，你看看這個。」

真的是沙書優的筆跡！巫佳佳說的是真的，沙書優真的來過這裡。但是他來這裡做什麼呢？他十分清楚這裡是卡嘟里部落的禁地呀！凡是在外面遭遇不測而死亡的，或回不了家的靈魂都住在這裡！

「沙書優來過這裡？他和我們一樣被捲進來的嗎？」吉奧問。

「沙書優都出去了，我們一定有辦法出去的。」優瑪說。

「他怎麼出去的呀？」多米問。

「既然是漏斗狀的地洞，那麼，最底下應該有個小洞吧？」夏雨問。

帕克里把手電筒傳給最底下的瓦拉，瓦拉照了照腳下踩的地方。

「沒錯，是有兩個鼻孔那麼大的小洞。」瓦拉說。「有風從小洞灌進來。就是因為有這兩個小洞，我們才不至於窒息而死。」

「惡靈之地住著一群不開心的靈魂，他們討厭被打擾，無法容忍任何粗魯的行為與對話，稍一不慎就會觸怒他們。如果非得穿越這片林地，千萬要保持謙卑的心，腦海裡什麼也不要想，就可以平安的離開。一旦你表現得過於害怕，惡靈也會生氣。」帕克里說。

「『他們』在哪裡呢？」瓦歷輕聲的問。他覺得這些關於惡靈的傳說真是太可怕了。

「他們會以不同的形象樣貌出現，我們是普通人，永遠不會知道他們在哪裡。在惡靈之地，他們無所不在。」帕克里說：「我們盡量保持一顆寧靜的心，就可以安全的離開這裡。」

「惡靈的脾氣為什麼這麼壞呀？他們為什麼這麼生氣呢？因為不小心死掉嗎？」多米問。

「噓！不要亂說話！」帕克里口氣嚴厲的制止。

帕克里心裡剛剛浮上不祥的預感，馬上聽到瓦拉焦急的說：「糟了！我腳底下的兩個小洞被塞住了，不再有空氣灌進來。」

「唉，要怎麼提醒，你們才可以控制自己的心和嘴巴呢？」帕克里沉著臉說：「看來他們是真的生氣了，準備要置我們於死地。」

「沒有空氣，我們很快就會缺氧而死。」吉奧說。

「對不起！」多米內疚的說。

地洞裡的十六個人，個個臉色凝重，恐懼如小蟲般鑽進他們每一寸肌膚，他們預感自己就要死在這個密閉的洞穴裡，而族人卻永遠也找不到他們的屍首！

空氣愈來愈稀薄，每一個人都用力的呼吸著。

時間一分一秒的過去，死亡的恐懼感塞滿了每個人的胸腔，讓他們覺得呼吸愈來愈困難！

這時，厚重的石板突然轟隆轟隆的緩緩開啟，送來一股清新的空氣，地洞裡的人以為又有人要摔進來了，紛紛防備著，沒想到從洞口垂下一根長長的藤蔓。帕克里拉了拉藤蔓，感覺很扎實穩固。

「有人來救我們了。」帕克里說。「我先上去看看，你們暫時不要輕舉妄動。記住，把腦袋放空，不要胡思亂想。」

帕克里拉著藤蔓一步一步的往上攀爬，地洞牆壁陡直滑溜，爬起來異常辛苦。帕克里終於爬出洞口，他仔細的觀察四周，除了牢牢綁在洞穴旁的藤蔓之外，並沒有見到任何一個人或可疑的事物。帕克里揮手示意下面的人可以上來了。

優瑪拉住藤蔓，盪來晃去了半天，也終於出了洞口。但是洞口除了帕克里，沒有其他人。是誰放下藤蔓的呢？

由於地洞底下的小洞被塞住了，所以沒有強勁的吸力將往上攀爬的族人吸回去，所有的人都順利的爬出洞穴。

「我們先離開這裡再說吧！」

帕克里正準備帶領大家離開惡靈之地，森林裡突然颳起強烈刺骨的冷風，讓每一個人都冷到發抖！接著，出現四面冰牆把所有人困在透明的冰凍空間裡，氣溫一下子降到零下十度，除了胖酷伊之外，每個人都因為寒冷而劇烈的顫抖。

「優瑪，你跳一跳，跳一跳身體熱了就不會抖了。」胖酷伊焦急的望著蒼白的優瑪。

「沒有用的。這寒冷誰也抵抗不了！」帕克里說：「這是斧頭也砍不碎的『冰凍死城』，只有火可以融解。」

大樹和其他族人拿出口袋裡的火柴，劃出一小朵火花，但是完全無濟於事。

「我們會凍死的。」瓦歷說。他聽到口袋裡種子爆裂的嗶剝聲，卻連伸手進褲袋裡查看的力氣都沒有，他的雙手不停的顫抖，什麼事也做不了。

胖酷伊突然將手指頭伸向大樹手中的小火花。

所有人都驚訝的望著胖酷伊。

「你想做什麼?胖酷伊。」優瑪叫了起來，衝過去抱住胖酷伊：「你這個呆瓜，你在做什麼傻事啊！」

「如果不用這個方法，大家都會死的。」胖酷伊說。

「我寧願死！也不願意失去你。」優瑪傷心的說。

「與其大家一起死，不如就讓我一個人死。優瑪，你是達卡倫家族唯一的傳人，你必須好好的活下去。」胖酷伊流下了眼淚，轉身對著其他族人說：「請把火柴給我！」

所有人望著胖酷伊，沒有人把手伸進口袋裡拿火柴。他們猶疑著，如果胖酷伊死了，優瑪小頭目怎麼可能好好的活著呢？她一定會崩潰的！

一個身影來到透明的冰牆前，表情木然的望著裡頭的每一個人。

「巫佳佳！」優瑪叫了起來。

巫佳佳嘴角微微上揚，朝優瑪笑了一笑。

「是你放下藤蔓的嗎？」吉奧問。

巫佳佳點點頭。

「你不跟羅里一家人去城市了嗎？」多米問。

「不去了。卡嘟里森林才是我的家。」巫佳佳說。

「巫佳佳，你快點想辦法救我們出去。」吉奧焦急的說。

「優瑪，你相不相信我所做的一切都是想幫助別人而已？」巫佳佳問。

「我當然相信你，你的占卜巫術是最棒的，沙書優真的去過漏斗狀的洞穴，他在牆壁上留下太陽的圖案。」

「那就好。」巫佳佳鬆了一口氣後說：「我會救你們出來的。」

巫佳佳變出一堆木柴和火柴盒，她試著點了幾次火都點不著；巫佳佳又變出一些紙張想點上火，但紙張因為潮溼也點不著。

巫佳佳起身的時候，掛在身上的巫術箱碰到了冰牆，瞬間凍成了冰塊。

「糟了！」巫佳佳叫了出來，取下巫術箱惋惜的看了一眼後，便扔在地上。巫佳佳看著冰牆裡的優瑪，她已經冷到嘴唇發紫了。巫佳佳臉上出現一種堅決的表情。

「這些日子以來，我從巫術箱裡變出很多東西，不一定能真正幫助需要幫助的人，但是我多麼喜歡看見受到幫助者臉上的微笑哇！」巫佳佳說。

優瑪用顫抖的聲音說著：「我明白！」

「我很高興發現一個事實，那就是，我不需要巫術箱也可以幫助別人，優瑪，我真的很高興可以幫到你。」巫佳佳態度堅決的從地上撿起剛剛變出來的火柴盒，劃開火柴棒，上頭搖曳著一朵火花，巫佳佳將手指伸向火花，沒多久手指頭便冒出一縷黑煙，一股木材燃燒的氣味在空氣裡散發開來。

「不要！巫佳佳，停止，停止，不要這樣！」優瑪激動的哭喊著：「我誤會你了，巫佳佳，你別這樣，我相信你，你快停止，我們從頭再來，我們會成為好姊妹的。」

「巫佳佳！」所有的人都驚愕的叫出聲來。

巫佳佳的手指頭上開出一朵紅色的火花，火焰漸漸吞噬了她的手臂。

「再見了，優瑪！你別擔心，一點都不痛，我是木頭人嘛！我只是消失了。」

猛烈的火勢把一面冰牆融化了，巫佳佳化成一團火焰，變成冰塊的巫術箱也在烈火中融化並且燒成了灰燼。

冰牆全都融化了，所有人的臉色漸漸泛紅，身體也溫暖起來。

優瑪整個人呆掉了！她看著巫佳佳化成的灰燼，眼淚流個不停。吉奧、瓦歷和多米也頻頻拭淚。

一陣強風吹來，捲起灰燼，四處飄飛，像一隻隻翩翩飛舞的彩蝶，成群結隊的飛離了惡靈之地。

一行人神情悲傷的離開這片邪惡的樹林。大家都走遠了，只有胖酷伊還憂傷的杵在原地。優瑪走回去，摟著胖酷伊的肩膀看了一會兒飄遠的灰燼後，才一起離開。

帕克里回頭看了一眼惡靈之地，悲痛的說：「總是要這樣，總是要見到眼淚，見到憂傷，見到悲痛，惡靈才會停手。」

「從今以後，巫佳佳也會變成惡靈住在惡靈之地嗎？」優瑪問。

「她的心充滿了愛，為愛奉獻了生命，她不會變成惡靈的。她會變成一棵小樹苗，將來還會變成一棵大樟樹，一棵很幸福的大樹。」帕克里說：「你會再見到她的，在森林裡。」

優瑪憂傷的心隨著巫佳佳化成的灰燼，飄到很遠很遠的林中。

「帕克里，人死了以後，去了哪裡呢？」優瑪無法釋懷。她的腦海裡不斷閃過那驚心動魄的一幕，讓她覺得難受極了。

「人哪，不管是死了還是活著，都不會離開，怎麼可能離得開呢！我到現在都還記得我父親和母親微笑的樣子。」帕克里說。

「我是不是不應該再追查沙書優的下落？」優瑪問。

帕克里沉默著。

「沙書優想回家的時候就會回家，對不對？」優瑪又問。

帕克里還是沒有回答。

「每一次都要犧牲大家的時間，甚至冒著生命危險去尋找父親，也許我做錯了。」優瑪低著頭低聲的說。

「優瑪頭目，你沒有做錯，任何人都會這麼做的。」帕克里說：「沙書優用這樣的方式讓我們知道他還平安的活著，一定有他萬不得已的苦衷，我們用盡方式不斷的讓他知道，卡嘟里族人從來沒有一天放棄他，這也是一種支持的力量，沙書優一定能可以感受到這股力量的。」帕克里語氣堅定的說。

傍晚的濃霧吞噬了森林裡的色彩，一行人小心翼翼的穿梭在霧林中，往部落的方向前進。

16 第二十號願望

卡嘟里森林的清晨還籠罩在一片濃霧裡，早起的族人已經升起了爐火準備早餐了，煙囪冒出的炊煙和濃霧混在一起，任誰也分不出誰是誰。

一隻檜木精靈在林子裡彈跳，冬天結束前得送出三個願望啊！現在才送出兩個，其中一個還不知道是誰送的。總之，今天要送出第三個願望。

灌木叢裡突然傳出聲音：「我希望有一雙可以躲避敵人的飛毛腿。」

「沒問題。」檜木精靈沒想到在霧這麼濃的天氣裡居然會有生物許願，他很開心的送出了第二十個願望：「卡嘟里卡嘟里第二十號願望，砰！」

一道金黃色的閃光射進了灌木叢裡，幾秒鐘之後，一隻竹雞從灌木叢裡

「咻」的一聲像箭一般竄出，兩秒就不見蹤影。

阿通把鳥關在巫佳佳給他的鳥籠裡，三天後全不見了！他好不容易抓到的美麗帝雉就這樣跑走了！阿通為自己輕信那個木頭小女巫而懊惱不已。

「全都白費力氣了。」阿通憤怒的把氣出在瓦歷身上：「你到底是不是我的兒子啊！巫佳佳變出來的東西只有三天的壽命，你為什麼都不告訴我一聲？讓我損失慘重。」

「你最好以後一隻鳥也抓不到。」瓦歷生氣的回了一句。

「你說什麼？你這個臭小子，不准你說這樣的話。」阿通忿忿的說。

「你讓我丟人現眼！」瓦歷頭也不回的衝出家門，留下一臉錯愕的阿通。

多米一早醒來之後，發現床頭擺著五顆神珠，她望著神珠發了好久的呆，無法決定到底該不該接受巫神的指派，成為一名小女巫。

吉奧在庭院裡劈柴，他很驚訝自己竟然想念已經消失了的三個吉奧！

瓦歷培養的卡里卡里樹苗枯死了，他思前想後始終不明白到底哪個環節出了問題。為了了解卡里卡里樹生長的環境，每株幼苗給水量和曬陽光的時間都各有不同，卻在同一時間枯死，這是怎麼回事呢？

「沙書優說過，人類得順應自然而不是企圖改變自然，在大自然面前你什麼也不能做，也什麼都做不了，你只能漫步在森林裡，享受風的吹拂、靜聽鳥鳴，欣賞樹的英姿，然後微笑。」優瑪說。

「照這樣說來，卡嘟里森林不會有第三棵卡里卡里樹了嗎？」多米說。

「也許哪天有顆卡里卡里樹種子掉落地面，天時地利，於是就生根發芽，我們看見了也不用大驚小怪，或特別照顧它，讓大自然決定它的命運，這就是順應自然吧！」吉奧說。

「我只是想幫卡里卡里樹一點小忙而已！」瓦歷為自己辯解：「它需要幫忙都開不了口哇！」

優瑪和胖酷伊站在小米田旁，望著不久前種下去的小米，冒出了嫩綠的小幼苗。原本灰色的土地，此刻已經鋪上一層嫩綠的衣裳，沒多久小米會長高長壯，接著結穗，然後就可以採收，收藏在米倉裡，慢慢做成小米酒、小米飯、小米糕或是小米種子，將卡嘟里族的生命精神一代一代的傳承下去。

「真是奇妙，小小的種子居然有這麼豐富的生命內涵。」優瑪說。

「嗯。」胖酷伊心不在焉的握著雕刻刀修飾自己的手指頭。

優瑪忽然想到什麼，看著胖酷伊，一副欲言又止的模樣。

胖酷伊發現優瑪用奇怪的眼神盯著他看。「幹麼這樣看我？」

「胖酷伊，你真的不是檜木精靈嗎？」優瑪問。

「我當然不是，我只是被風折斷的木頭。」胖酷伊說。

「如果你不是檜木精靈，那是誰讓巫佳佳變成真正的小女巫呢？」

「不知道。反正不是我。」胖酷伊說。

「這樣好了，我對著你許願，測試一下就知道了。」優瑪說。

「好哇，你許願哪！」胖酷伊一點也不在意的說。

優瑪正要開口許願，天空突然響起一聲巨雷，嚇得胖酷伊拔腿就跑。

「我還沒許願哪！」優瑪追著胖酷伊跑。

樹豆般大的雨點落了下來。

「胖酷伊，等等我。」優瑪大叫。

「你丟掉那些愚蠢的想法吧！我只是一塊被風吹折的檜木，根本不是什麼檜木精靈。」胖酷伊的聲音在雨中迴蕩著。

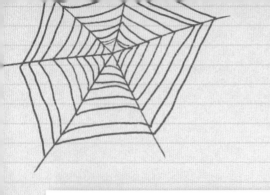

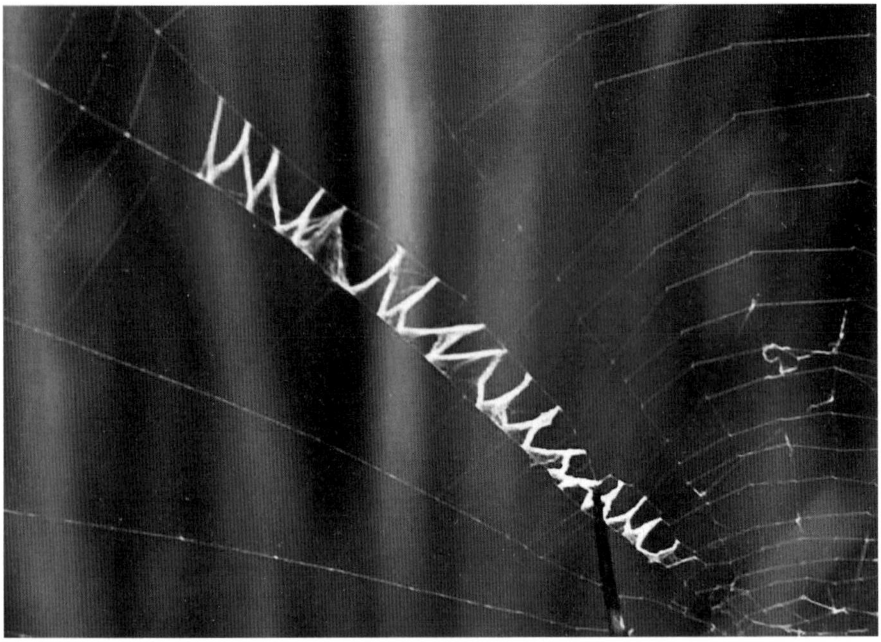

（邱繡蓮／攝）

小頭目訓練❶ 你看得懂蜘蛛文嗎?

本單元摘自《糟糕，我扮鬼臉了》，作者／張友漁，出版／親子天下大自然裡處處充滿玄機。蜘蛛為什麼要在蛛網上寫字？上頭寫了些什麼？留言給誰呢？長圓金蛛的網子（左下圖）上有什麼故事呢？

如果你一時之間還是想不出來，那讓我們先來看看其他人怎麼說。

❶這是蜘蛛媽媽給即將出生的小蜘蛛的留言：

●我不小心把你們的爸爸給吃掉了，我得先告訴你們，你們出生以後，就沒有爸爸了。

——吳宗翰．雲林四湖鄉明德國小

（這個點子抓住雌蜘蛛交配完會把公蜘蛛吃掉的特性，認為雌蜘蛛留言給牠就要出世的孩子們。）

❷蜘蛛留言給所有小朋友。

●請你們不要再不小心把我的網弄破了，因為我織得很辛苦耶。

——陳逸帆．國立東華大學附設實驗國民小學

▲長圓金蛛（邱繡蓮／攝）

❸留言給小鳥。

●請你不要吃掉我，我有毒喔！

——陳逸帆．國立東華大學附設實驗國民小學

❹留言給人類。

●請你不要那麼怕我，我沒有那麼可怕，其實我比較怕你。

——陳映淳．國立東華大學附設實驗國民小學

❺留言給科學家們。

●你們研究我的絲，用在國防、生醫領域我是不反對，可是飲水思源，好歹也感謝一下我們的貢獻哪！

——何翰蓁．慈濟大學醫學系解剖學科副教授

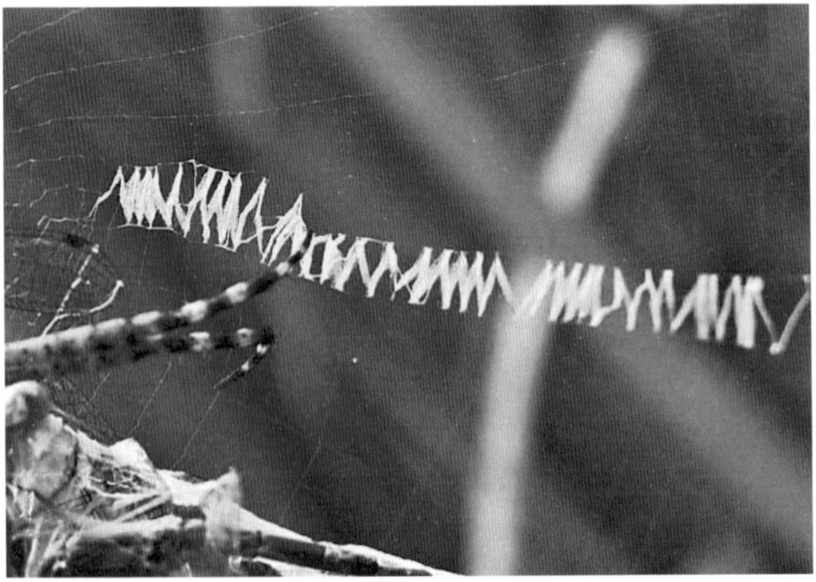

▲長圓金蛛的網（邱繡蓮／攝）

那一串奇怪的文字，就一定是密碼嗎？當然可以不是密碼。下面這個小朋友看到的就不是密碼，他聽到的是蜘蛛網上的送餐鈴聲。

●蜘蛛網上的白色線條是鋼琴的琴鍵，昆蟲上門就會發出美妙的聲音。

——劉其閎．台北教育大學附屬實驗小學

現在換你來想想蜘蛛網上的……密碼？是誰的提款卡密碼？還是………你可以寫出三個不同的留言或密碼嗎？勇於接受挑戰，就沒有什麼事難得倒你喔。

更多有趣的小頭目訓練，等你來挑戰！
請繼續閱讀【小頭目優瑪系列】第三集《那是誰的尾巴？》

少年天下系列 —— 065

小頭目優瑪2
小女巫鬧翻天

作　　者｜張友漁
繪　　者｜達姆

責任編輯｜張文婷
特約編輯｜劉握瑜
美術設計｜唐唐
行銷企劃｜葉怡伶

天下雜誌群創辦人｜殷允芃
董事長兼執行長｜何琦瑜
媒體暨產品事業群
總經理｜游玉雪
副總經理｜林彥傑
總編輯｜林欣靜
行銷總監｜林育菁
副總監｜李幼婷
版權主任｜何晨瑋、黃微真

出版者｜親子天下股份有限公司
地址｜台北市 104 建國北路一段 96 號 4 樓
電話｜（02）2509-2800　傳真｜（02）2509-2462
網址｜ www.parenting.com.tw
讀者服務專線｜（02）2662-0332　週一～週五：09:00~17:30
讀者服務傳真｜（02）2662-6048
客服信箱｜ parenting@cw.com.tw
法律顧問｜台英國際商務法律事務所．羅明通律師
製版印刷｜中原造像股份有限公司
總經銷｜大和圖書有限公司　電話：（02）8990-2588

出版日期｜ 2015 年 6 月第一版第一次印行
　　　　　2024 年 3 月第一版第六次印行
定　　價｜ 280 元
書　　號｜ BKKCK002P
I S B N ｜ 978-986-91881-2-8（平裝）

訂購服務
親子天下 Shopping ｜ shopping.parenting.com.tw
海外．大量訂購｜ parenting@cw.com.tw
書香花園｜台北市建國北路二段 6 巷 11 號　電話（02）2506-1635
劃撥帳號｜ 50331356 親子天下股份有限公司

國家圖書館出版品預行編目資料

小頭目優瑪2：小女巫鬧翻天／張友漁 文；達姆圖；-- 第一版, -- 臺北市：親子天下, 2015.06
224面；17X22公分. --（少年天下系列；65）
ISBN 978-986-91881-2-8（平裝）
859.6　　104008598

卡嘟里